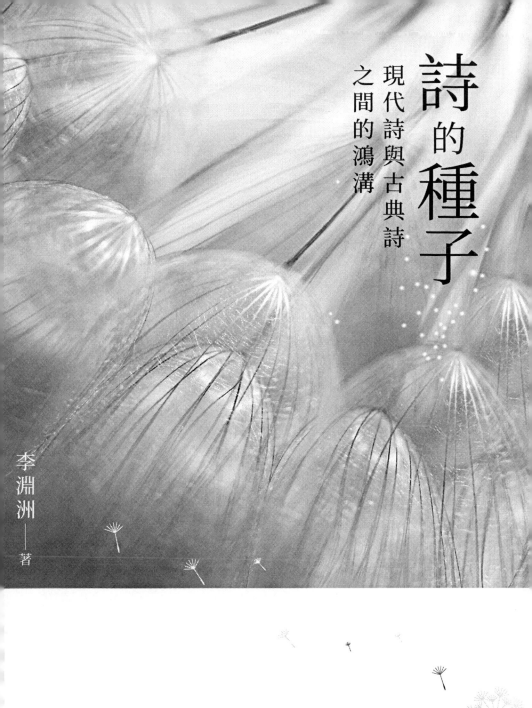

詩的種子

現代詩與古典詩之間的鴻溝

李淵洲——著

〈序〉
《詩的種子》──現代詩與古典詩之間的鴻溝

　　本詩集《詩的種子》──現代詩與古典詩之間的鴻溝，從本詩集來看，本詩集的目錄共分成四輯，輯一，輯二，輯三，輯四；輯一，輯二，各有三十首現代詩（新詩），而在輯三有十首現代詩，輯四則有二十首散文詩，因此我預計完成七十首現代詩及二十首散文詩，因此還包括後記，以及附錄一：我寫的「四首古典詩」，如〈臺北市孔廟〉、〈林安泰古厝民俗文物館〉、〈新北投溫泉〉、〈臺北101摩天樓〉等，附錄二：我寫的標題是〈一百多年來台灣的作家為什麼沒有人獲得諾貝爾文學獎？〉換個角度來看，西方有一位哲學家把哲學喻為「一切學問之母」，因此哲學第一步先「澄清概念」？因此什麼是「現代詩」？簡單來說，現代詩是以「白話」文學寫成的詩，但是，即使現代詩是以「白話」文學寫成的，不過文學家、作家、詩人及作者要以現代詩來呈現自己的思想，在我看來畢竟現代詩是以「白話」文學寫成的詩，也就是現代詩與古典詩之間有一道無形的鴻溝，現代詩也完全沒有平仄、押韻、字句等限制和規則，也不拘形式，也不拘格式，可以自由發揮寫現代詩，由此可知什麼是現代詩？什麼是散文詩？什麼是散文？因此三種文體如何界

定？我覺得原本就有滿多的爭論？譬如，在《泰戈爾詩集》（漢風出版）〈新月集〉，而在〈流放的地方〉這首散文詩，最後的一段裡，泰戈爾這樣寫著：

媽媽，我把我所有的書本都放在書架上了——不要叫我現在做功課。

等我長大了，大得像爸爸一樣的時候，我將會學到必須學到的東西。

但是，今天你可得告訴我，媽媽，童話裏的特潘塔沙漠在什麼地方？

從另一個角度來看，現代詩只不過是比較精緻的散文，即便有滿多台灣的文學家、作家、詩人、編輯、學者及文學獎的評審委員，而他們利用專業的權威來界定什麼是現代詩？也誠如舉世聞名的科學家愛因斯坦曾留下一句名言：「專家只不過是訓練有素的狗。」從這句舉世聞名的科學家愛因斯坦所留下的名言來看，在專業化、證照化、科技化、電腦化等網路資訊後現代化的今日社會，事實專家或專業人士幾乎只懂他們專業的知識和技能，譬如，檢察官、法官幾乎只懂屬於他們專業相關的法律、各行各業的專家或專業人士幾乎只懂他們專業的知識和技能、從事教育良心的工作者，也就是教化學幾乎只懂化學、教物理幾乎只懂物理、教數學幾乎只懂數學、教國文幾乎只懂國文、教英文幾乎只懂

英文⋯⋯，也就與中國的至聖先師孔子「博學而多聞」，因此孔子能為弟子們「因材施教」、「有教無類」早也不一樣了，因此有人說：「現代的老師根本無法『因材施教』，而是『因財施教』。」甚至有人說：「因為發財而施教。」譬如，補習班的老師年賺百萬、千萬，或其他從事良心教育的工作者，一個月的薪水好幾萬元、好幾十萬元，由此可知現代的老師的確是「因財施教」、「因為發財而施教」從這個觀點來看，其實要當專家是不容易的，而大部分只是專業人士而已。同理：「專業人士只不過是訓練有素的狗。」換個角度來看，我覺得現代詩與散文之間的差異在於寫現代詩的作者，也就是各家各派寫現代詩的作者，對寫現代詩表現的手法，以及如何運思寫現代詩？兩種如何運思寫現代詩不同的觀點而已，在我看來我無法接受台灣的詩人岩×（筆名），因此多年前我曾去南投縣草屯鎮他的家裡（我的故鄉就在南投縣草屯鎮），請教他如何寫現代詩？而當時他這樣回答我說：「他寫現代詩是以虛實的技巧來寫現代詩。」從台灣的岩×詩人對寫現代詩的技巧來看，我寫現代詩是以「現代詩的形式」來創作，簡單來說，宇宙萬物乃至人類的身體都是有形可見的，而人類的心靈是無形的精神、思想、觀念等等，因此當無形的心靈與有形可見的宇宙萬物相遇、接觸、撞擊時，所產生的靈感且以現代詩的形式來呈現現代詩，譬如，在木詩集〈輯一〉的這首現代詩，詩名是〈詩的種子〉：

我把詩的種子，

撒進我的心田，

等待掛滿結實累累詩的大樹；

寫古典詩的前輩在辛勞耕耘下，

把詩的種子撒進了心靈的園圃，

期待著詩的果實豐收供人享用。

即使現代詩沒有字句的限制，

也沒有押韻、平仄等的規則；

即使現代詩可以自由發揮，

也不拘形式，也不拘格式；

即使現代詩與古典詩都源自於人類的思想，

現代詩與古典詩之間卻有一道無形的鴻溝；

現代人須以細心地來品詩，

才能發現這道無形的鴻溝，

現代人也無法以思想來填滿，

現代詩與古典詩之間的鴻溝。

　　進一步來探索，因為現代詩與古典詩之間有一道無形的鴻溝，所以現代詩與散文之間原本就有滿多的爭論？但畢竟現代詩是「詩」，而不是「散文」，因此必須經過作者把原本寫散文的思想調整為寫現代詩的思想，並以不拘形式、不拘格式來呈現現代詩，由此經由心靈的壓縮、鍛鍊、錘鍊及運思文字的過程，而且作者對文字凝鍊的功夫下的越深，這

麼一來，越能呈現具有獨特風格的現代詩來讓讀者品詩，然後作者把精緻的思想濃縮在現代詩的字裡行間，譬如，在《人生四季之美》（天下文化出版）一書，作者：日野原重明，譯者：高淑玲，而在本書的第五章〈開創自由的人生〉，作者則引用了瑞士籍在美國研究精神醫學的羅斯（Elisabeth Kubler Rose），他所撰寫的一本有名的著作《死亡瞬間》（On Death and Dying），而羅斯在這本著作的每一章中，還轉載一些印度詩人泰戈爾（Rabindranath Tagore,1861－1941）的詩，因而泰戈爾在七十歲時，他曾寫了辭世詩〈離別之歌〉，後來泰戈爾還活了很久，他到了八十歲才過世，而他在去世的三個月以前，他寫下了這首以〈最後之歌〉為題的現代詩：

> 我即將在下一次的生日消逝
> 我向身邊的友人請求——
> 在他們雙手溫柔的撫觸中
> 在世間至上的愛當中
> 我將帶著人生最高的恩寵離去
> 如今我的頭陀袋中空無一物
> 該給的
> 我全都給了
> 倘若有些許回報——
> 些許的愛、些許的諒解若或可得

〈序〉《詩的種子》——現代詩與古典詩之間的鴻溝

我將帶著這些離去——

臨終的默禱

就在搖櫓划向彼岸之際

接著，在《哲學家的咖啡館》一書（究竟出版社），而在本書的推薦序〈信哲學，得（德）永生〉，而作者是謝志偉教授，他則引用了歌德為那位以中古時代為背景的浮士德所寫的開場白是十分值得吾人細細咀嚼的。茲意譯如下：

畢生鑽研哲學、法學和醫學，

沒事不幸也曾搞過神學，

到頭來，處處進出處處跌，

依舊愚笨如初沒差別，

要論學問，本人可已經是老爺，

學海無涯，卻是寸步難行，彷如穿小鞋。

接著，由曾在一九四六年榮獲諾貝爾文學獎得主赫曼・赫塞寫的《新加坡之夢及一段漫漫東方行旅》一書（自由之丘文創事業出版），譯者：張芸、孟薇，而在本書編輯最後第258頁開始有作者寫的《旅行詩》，因此我選擇其中的一首作者所寫的旅行的現代詩，詩名是〈面對非洲〉：

有家鄉真好，

甜蜜地安睡在自家的屋簷之下，

孩子、花園和狗做伴。可是你，

結束前次的漂泊，剛剛尋得片刻安憩，

遠方又在用新的誘惑召喚。

最好莫過思鄉苦，

繁星高照的夜空下孑然佇立

沉浸於對鄉愁的渴望。

財產和閒逸只能屬於

心境平和的人。

漂泊者卻在總是落空的希望中

背負著疲頓和旅途的艱辛。

所有漂泊的痛苦，的確更易承載，

易於在家鄉的山谷求得安寧，

家鄉那喜樂憂愁的小圈子裡，

只有智者懂得構築幸福。

在我，最好是一直追尋而永不找到，

莫讓身邊事物把我緊緊溫暖地捆縛。

因為我，即使幸福，在這世上

也只能是匆匆過客，永遠無法成為公民。

　　然而，中國有五千年的傳統悠久文化，而主導中國傳統
文化主要的文體就是「文言文」，因此我舉中國古代《詩

經》的材料，子曰：「小子何莫學夫詩？詩，可以興，可以觀，可以群，可以怨。邇之事父，遠之事君；多識於鳥獸草木之名。」（《論語・陽貨篇第十七・立緒版》）作者的〈白話〉翻譯，孔子說：「同學們為什麼不學詩呢？學詩時，可以引發真誠心意，可以觀察個人志節，可以感通群眾情感，可以紓解委屈怨恨。學了詩，以近的來說，懂得如何事奉父母；以遠的來說，懂得如何事奉君主。此外，還會廣泛認識草木鳥獸的名稱。」（譯文參考立緒版《論語》）從這首古典詩來看，即使「白話」文學已歷經了一百多年，現代詩也有一百年的歷史，不過現代詩與古典詩之間有一道無形的鴻溝；即使現代詩已經完全沒有平仄、押韻、字句等限制和規則，也不拘形式，也不拘格式，可以自由發揮寫現代詩，譬如，即使我讀了《英美名詩一百首》（《100 GREAT ENGLISH POEMS・書林出版》），我也很難去體會作者寫現代詩的意境和情境，也很難去感受作者對詩中所描述的自然景觀、歷史情境及個人遭遇，例如，根據《英美名詩一百首》一書，而本書的編輯「第一首現代詩」，就是選擇英國詩歌之父杰弗雷・喬叟（Geoffrey Chaucer）的〈特羅勒斯的情歌〉（方重譯）：

假使愛不存在，天哪，我所感受的是什麼？
假使愛存在，它究竟是怎樣一件東西？
假使愛是好的，我的悲哀何從而降落？

假使愛是壞的，我想却有些希奇，
哪管它帶來了多少苦難和乖戾，
好似生命之源，竟能引起我無限快感；
使我愈喝得多，愈覺得口裡躁乾。

如果我已在歡樂中活躍，
又何處來這愁訴和悲號？
如果災害能與我相容，何不破涕為笑？
我要請問，既未疲勞，何以會暈倒？
啊，生中之死，啊，禍害迷人真奇巧，
　　若不是我自己給了你許可，
　　你怎敢重重疊疊壓在我心頭。

可是我若許可了，我就不該
再作苦訴。我終日漂蕩，
像在無舵的船中浮海，
無邊無岸，吹著相反的風向，
永遠如此漂逐，忽下又忽上。
呀，這是一種奇特的病徵，
冷中發熱，熱中發冷，斷送我生命。

　　從這首英國的名詩來看，現代詩很難讓讀者去體會作者
寫詩時，詩中的意境、情境及詩的抑揚頓挫，在我看來現代

詩不宜寫得太長，如果寫得太長會變成了讓讀者在閱讀現代詩時，好像在讀散文而失去了讀現代詩的意義。

　　古典詩為什麼要有平仄、押韻、字句等限制和規則？譬如，五言絕句、七言絕句、律詩等，從古典詩來看，古典詩有平仄、押韻、字句等限制，卻可以讓讀者去感受古典詩的抑揚頓挫和句尾的押韻，進而去體會古人寫古典詩的意境和情境，譬如，根據《珍惜情緣──閒來無事且讀詩》（天下文化出版）一書，而作者的目錄〈輯一〉：〈寄情山水──野渡無人舟自橫〉，而本書的第一首古典詩，作者選擇以中國唐朝的詩仙李白寫的〈獨坐敬亭山〉為開頭：

　　眾鳥高飛盡，
　　孤雲獨去閒，
　　相看兩不厭，
　　只有敬亭山。

作者對這首古典詩的〈白話〉翻譯：

　　四周空蕩蕩的，鳥兒都往高處飛去，連個蹤影都沒有了。天上只剩一小片白雲在輕盈地飄移，好像對什麼都不關心似的。於是，他看著山，山宛如以回聲的方式也看著他。原來彼此不相厭棄的，只有敬亭山啊！

　　接著，本書〈輯一〉的第四首古典詩，而作者選擇以韋應物的〈滁州西澗〉：

獨憐幽草澗邊生，
上有黃鸝深樹鳴，
春潮帶雨晚來急，
野渡無人舟自橫。

作者對這首古典詩的〈白話〉翻譯：

在滁州的西邊，有一條溪流夾於兩山之間，稱為西澗。作者公餘之暇，登山休閒時，最愛觀賞那些安安靜靜長在溪邊的花草。此時耳中聽到的，是樹林深處黃鸝鳥婉囀的啼聲。正逢春季多雨，溪水上漲的速度在傍晚時分又快又急；荒寂的渡口看不到一個人影，只有一條小船孤零零地橫泊在那兒。

接著，本書〈輯二〉的第五首古典詩〈感懷人生──江湖夜雨十年燈〉，而作者選擇以中國唐朝的詩聖杜甫寫的〈曲江〉：

朝回日日典春衣，每向江頭盡醉歸，
酒債尋常行處有，人生七十古來稀。
穿花蛺蝶深深見，點水蜻蜓款款飛，
傳語風光共流轉，暫時相賞莫相違。

作者對這首古典詩的〈白話〉翻譯：
暮春時節，天氣漸暖。詩人每日起床之後，找出一兩件

春衣去當舖典押；手上有了幾文銀子，他總會走向江邊的館子喝酒，不到酒醉不願回家。杜甫當時是孤身在長安，無奈地等待安史之亂的結束。

這樣的日子不知還要熬多久。喝酒欠債是習以為常的事，走到任何地方都會發生；不過人生要想活到七十歲，則是自古以來很少見的。既然如此，何不及時買醉行樂呢？杜甫寫這句詩時，年紀也不過四十五歲（他總計享年五十九），由此可知他對未來的一切並不樂觀。國事如此，人壽亦然。

目光轉向大自然時，不覺精神一振。江邊沙渚的繁花綠葉間，只見蝴蝶飛來舞去，忽高忽低；近岸水流舒緩的江面上，則有蜻蜓且行且止，姿態輕巧靈妙。詩人這時只想傳話給這一片美景，希望其中洋溢的生機可以持續運作。就算只有短短的幾刻鐘，也讓我們彼此珍惜、互相欣賞，而不要另起其他念頭吧！

在我看來，古典詩須搭配「白話」翻譯來呈現，才能讓讀者能夠理解古典詩。

從這三首古典詩來看，為什麼？《英美名詩一百首》一書，我只選擇一首現代詩，這就是本詩集〈序〉《詩的種子》──現代詩與古典詩之間的鴻溝，篇幅不宜寫得過長，另一方面《英美名詩一百首》一書，大部分的詩作就像第一首〈特羅勒斯的情歌〉那麼長，甚至更長，而既然我幾乎讀不到作者寫現代詩時的意境和情境，因此我選擇轉向泰戈爾的

《詩集》求援。泰戈爾（Tagore）曾榮獲一九一三年諾貝爾文學獎，也是東方獲頒此獎的第一人。一個印度人對愛爾蘭作家葉慈說：「我每天讀泰戈爾，讀他一行詩，可以忘卻世間一切煩惱。」譬如，根據《泰戈爾詩集》（漢風出版）〈漂鳥集〉第一七六首：

　　杯中的水是光輝的；海中的水却是黑色的。
　　小理可以用文字來說清楚；大理却只有沉默。

　　接著，在〈新月集〉，我選擇其中一首散文詩，詩名是〈孩子的天使〉：

　　他們喧嘩爭鬥，他們懷疑失望，他們辯論而沒有結果。
　　我的孩子，讓你的生命到他們當中去，如一線鎮定而純潔的光，使他們愉悅而沉默。
　　他們的貪心和妒忌是殘忍的；他們的話，好像暗藏的刀，渴欲飲血。
　　我的孩子，去，去站在他們憤懣的心中，把你和善的眼光落在他們上面，好像那傍晚寬宏大量的和平，覆蓋著日間的騷擾一樣。
　　我的孩子，讓他們望著你的臉，因此能夠知道一切事物的意義；讓他們愛你，因此他們能夠相愛。
　　來，坐在無垠的胸膛上，我的孩子。朝陽出來時，開放

而且抬起你的心，像一朵盛開的花；夕陽落下時，低下你的頭，默默的做完這一天的禮拜。

　　多年以前，我曾發表過三篇現代詩，如〈小孩與姊姊的對話〉、〈甘蔗〉、〈禿頭〉等，以及一年前我寫的現代詩記得發表在「金×日報副刊」，有四首：〈詩的種子〉、〈溫室效應〉、〈手機〉、〈歲月的染髮劑〉等，但我與金×日報副刊的張編輯分享並請教他什麼是現代詩？譬如，我寫的散文詩，詩名是〈問政治是什麼？〉，而他卻這樣回答我說：「我寫的現代詩所含詩的成分很少。」從這樣評論現代詩的觀點來看，現代詩與古典詩之間有一道無形的鴻溝，現代詩已完全沒有平仄、押韻、字句等限制和規則，也不拘形式，也不拘格式，可以自由發揮寫現代詩，由此可知什麼是現代詩？什麼是散文詩？什麼是散文？因此三種文體如何界定？我覺得原本就有滿多的爭論？譬如，在本詩集〈輯四〉的這首諷刺的散文詩，詩名是〈台灣的詩魔與哈利波特──詩魔與心魔〉：

　　　　然而，有人過度崇拜台灣的詩人──瘂弦，

　　　　因此他把瘂弦稱之為「詩魔」，

　　　　就這樣他以某報編輯的身分去訪問瘂弦，

　　　　於是，我聽了他這麼說，

　　　　後來我發現台灣的詩魔──瘂弦，

有如《哈利波特》這部電影，
而劇中的魔法學校──神奇的魔法術，
因此他把寫現代詩當成在變魔法術，
然後，他在文字的世界裡變來變去，
讓讀者迷失在現代詩的迷宮，
讓讀者走不出現代詩的迷宮，
讓讀者以為現代詩就是在變魔法術。

然而，台灣有滿多現代詩的作品，
以超過三十行長句現代詩來說，
有如《哈利波特》的魔法學校──
在字裡行間變魔法術，
讓讀者讀不懂現代詩的意涵；
以十行以內短句現代詩來說，
讓讀者難以理解和感受──
作者寫現代詩的意境和情境，
而且有滿多台灣寫現代詩的文學家、作家、詩人及作
者，
誠如中國的至聖先師孔子，子曰：「鄉原，德之賊
也。」

然而，台灣的詩魔變成了心魔，
為什麼？一切的創作源自於人的心靈，

這就是他的心走火入魔才會變成詩魔。

　　二十年前我陸陸續續到洪建全教育文化基金會、好好好家庭教育文教基金會等，去上台灣某大學哲學系傅×榮教授在台灣的社會上所開的哲學課程，以及我大部分選擇傅×榮教授所寫的哲學著作來閱讀，因而哲學是以理性去探索宇宙與生命的奧祕，乃至人生的道理——有見解、有思想的哲學書大部分都是以「說理見長。」從這個觀點來看，多年下來，即使我再運思寫現代詩時，後來我發現我寫的現代詩寫來寫去變成了散文；即使幾年前我寫的現代詩變成了散文，但幾年下來，我發現因為現代詩與古典詩之間有一道無形的鴻溝，所以現代詩與散文之間原本就有滿多的爭論？因此我把以前寫的現代詩經過默讀、朗讀及修稿的過程，但僅有幾篇現代詩的作品含有一些現代詩的成分，而這些的作品無法把現代詩精緻的思想呈現出來，因此我經過思考和反省後，我發現現代詩只不過是比較精緻的散文，這就是以前我寫的現代詩只是沒那麼精緻而變成了散文，也就是漸漸的我能掌握到寫現代詩所表現的手法，以及如何運思寫現代詩？因而我一年多來寫的現代詩已有現代詩的韻味，譬如，在本詩集〈輯三〉的這首現代詩，詩名是〈神奇的極光〉：

　　太陽好像一團火球，
　　而太陽把自己燒得——

受不了，然後只好——
釋放出帶電的粒子，
帶電的粒子形成了太陽風，
有一些的太陽風則以光速，
快速通過地球南極北極的夜空——
撞擊地球大氣電離層中的氧、氫及氮——
地球周圍造成一種大規模放電的現象，
因此產生了神奇的極光。

捕捉極光最佳的觀賞的地點——
在接近北極圈的高緯度，
在接近南極圈的低緯度，
找一個空曠的地方，
在一片黝黑的夜空，
遠離了城市的光害，
就在這時極光好像一位舞者，
舞動那無數的夢幻般的彩帶；
夢幻般的彩帶把南極北極的夜空，
就像泰戈爾的詩，忘卻世間憂愁，
就像一首貝多芬交響樂團的演奏，
就像一首無詞但歡樂愉快的歡唱……

這時神奇的極光把遊客的目光，

驚奇的緊緊地吸住而不放下來，
因此產生極光與心靈的相遇，
因此產生極光與心靈的接觸，
因此產生極光與心靈的撞擊，
然而形成了會思想——神奇的極光。

　　接著，在本詩集〈輯四〉，而我寫的這一首散文詩已有散文詩的韻味，譬如，我寫的這首散文詩，詩名是〈鵝鑾鼻燈塔——人生需要幾座燈塔？〉：

鵝鑾鼻公園的標誌是鵝鑾鼻燈塔，
而位於臺灣最南端的鵝鑾鼻燈塔，
有東亞之光的美譽，而「鵝鑾」二字，
乃是排灣族的土語，有「帆船」之意。

鵝鑾鼻燈塔是世界少有的武裝燈塔，
鵝鑾鼻燈塔早已被列入史蹟的保存，
鵝鑾鼻燈塔在夜裡照著黑暗的海面，
鵝鑾鼻燈塔在夜裡照著迷航的船隻，
鵝鑾鼻燈塔在指引人生前進的方向。

然而，人生需要幾座燈塔？
資訊？知識？藝術？宗教？

詩的種子
——現代詩與古典詩之間的鴻溝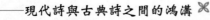

其實資訊、知識、藝術及宗教都已氾濫，
也就是這些都不能當作人生的燈塔。

然而，我尋覓人生需要幾座的燈塔？
而在網路資訊後現代化的今日社會，
僅從唱歌、聽音樂、看電影及寫文章——
哲學好像人生的一座燈塔，
因此以哲學來指引和引導，
來紓解自己心靈的創傷，
以及來紓解自己的憂鬱，
因此這些好像都是解憂的歌曲，
因此一首接一首我自己清唱著：
　《你怎麼說》、《甜蜜蜜》、
　《千言萬語》、《心聲淚痕》……

然而，從歌曲的歌詞、音符、節拍中，
我漸漸在治療心靈的創傷，
我也隨著時間的一點一滴，
也從淡化走向淡定的人生。

從這首我寫的散文詩來看，因此與《音樂人生》（東大
圖書公司印行）一書，作者黃友棣先生，他引用了過去曾是
美國最暢銷小說之一的暢銷書，而此書就是《天地一沙

鷗》，作者是李查巴哈，而他描寫海鷗岳納珊・李文斯敦，立志學習飛得更高更遠的精神，因此何志浩先生在一九七三年，九月時（中華學術院印行的版本），他為此書寫成散文詩，而這首散文詩的詩名就是〈本事〉：

岳納珊・李文斯敦是一隻海鷗的名子。

大海是他的家鄉，天空是他的樂園，飛行是他的本能。

他熱愛飛行，超乎萬事萬物之上。

他要知道他在天空中的生活──能做什麼，不能做什麼。

但生活決不只是為著求食。

最初岳納珊曾一再嘗試練習飛行速度；

因為速度就是力量，速度就是樂趣，速度也就是至純至高的真美。

經過了無數次失敗和許多困難，岳納珊發現了自己。

他思想裡只有勝利，只有自由。

他想在古往今來的鷗羣歷史中，開啟一個嶄新的時代。

不久，岳納珊以違反海鷗家族的尊嚴與傳統，被迫離開了鷗羣。

但，他並不感到孤獨，他只感到一種憂愁；

因為家族無知，竟拒絕了鷗羣飛行的榮耀。

他排除了煩擾、恐懼、與憤怒，專心飛行；

付出任何代價，從不後悔。

他在追求一種意義，尋覓生命中最高的目標；

對未來的日子充滿希望與信心。

這時，他獲得良師益友相招引，飛向另一世界。

這另一世界，並非天堂。

老師明示：天堂既不是一段時間，也不是一個地方；

而是一個完美的理想境界。

這裡的鷗羣，同岳納珊所想的，完全一樣；

就是追求完美的境界。

他們一塊兒練習，日以繼夜的練習。

大家對自己所喜歡做的事，盡情發展，以期達到盡美盡
善。

岳納珊得到長者的指示，

瞭解自己真正天賦之所在；

不再自我侷限，海闊天空，任意遨遊。

逐漸高飛，開始體會到仁愛的意義。

老師最後懇切叮嚀：「繼續為愛而努力」。

浩然賦歸的岳納珊，

為探求仁愛的性質，

要去教導生長在地面上的那一大羣同類。

他心裡牢記著：

「高速飛行，低速飛行，飛行特技」；

「不受限制的自由觀念，海鷗最基本的天性就是自由」；

「打破思想上的枷鎖，打破身體上的牢籠」。

這是岳納珊諄諄教誨學生的良言。

岳納珊太愛鷗羣，

他忘記曾經被放逐流浪，他忘記暴民舉動的瘋狂。

他只是去瞭解每一隻海鷗的良知與善意；

並幫助他們去認識自己，發現自己的善良。

看哪！

太陽昇起時，一小圈學生的外圍，擠滿了近千隻海鷗。

大家都仔細諦聽著岳納珊講解飛行的道理。

來參加的鷗羣，一天比一天眾多。

終於，岳納珊讓一隻生氣勃勃的年輕海鷗，

學習他的領導，繼續他的任務。

在空中搖曳飛舞，光芒燦爛；

這就是岳納珊的生命光輝。

世人讚美他為神；

可是岳納珊自己只承認是一隻平凡的海鷗。

接著，我讀了阿拉伯詩哲紀伯倫（Kahlil Gibran, 1883 – 1931）的《詩集》（風雲時代出版）六冊，包括《美神》、《先知》、《先驅》、《遊子》、《孤獨》、《先知的愛情

書》等，而在詩哲紀伯倫的《美神》詩集中，開頭標題的〈引子〉的散文詩，他這樣寫著：

我不想用人們的歡樂將我心中的憂傷換掉；也不願讓我那發自肺腑愴然而下的淚水變成歡笑。我希望我的生活永遠是淚與笑：淚會淨化我的心靈，讓我明白人生的隱祕和它的堂奧；笑使我接近我的人類同胞，它是我讚美主的標誌、符號。淚使我藉以表達我的痛心與悔恨；笑則流露出我對自己的存在感到幸福和歡欣。

我願為追求理想而死，不願百無聊賴而生。我希望在自己內心深處，有一種對愛與美如肌似渴的追求。因為在我看來，那些飽食終日、無所事事者是最不幸的人，不啻行屍走肉；在我聽來，那些胸懷大志、有理想、有抱負者的仰天長嘆是那樣悅耳，勝過管弦演奏。

夜晚來臨，花朵將瓣兒攏起，擁抱著她的渴慕睡去；清晨到來，她張開芳唇，接受太陽的親吻。花的一生就是渴慕與結交，就是淚與笑。

海水揮發，蒸騰，聚積成雲，飄在天空。那雲朵在山山水水之上飄搖，遇到清風，則哭泣著向田野紛紛而落，它匯進江河之中，又回到大海——它故鄉的懷抱。雲的一生就是分別與重逢，就是淚與笑。人也是如此：他脫離了那崇高的精神境界，而在物質的世界中蹣跚；他像雲朵一樣，經過了悲愁的高山，走過了歡樂的平原，遇到死亡的寒風，於是回到他的出發點：回到愛與美的大海中，回到主的身邊。

從這首詩哲紀伯倫的散文詩來看，也進一步來探索現代詩與散文詩之間的不同之處在哪裡？在我看來現代詩是以「白話」文學，來呈現現代詩；什麼是散文詩？散文詩是以散文的「白話」文學，來呈現散文詩，從這個觀點來看，散文詩看似寫得滿長的，但詩哲紀伯倫寫的散文詩，卻有獨特的風格。

　　然而，我歷經了寫現代詩的過程，就如同佛教的禪宗的一句偈語：「看山是山，看水是水；看山不是山，看水不是水；看山還是山，看水還是水。」從這句禪宗的偈語來看，即使我再勇敢運思寫現代詩時，我也沒有刻意去尋找現代詩所使用詩的語言和文字，也沒有採用台灣的詩人岩×，而他對寫現代詩的技巧，是以「虛實的技巧來寫現代詩」，為什麼？我覺得不論寫散文、寫小說、寫現代詩、寫勵志小品文等等，也誠如有人說：「寫作的技巧只不過是雕蟲小技」，譬如，排比、反襯……寫作的技巧，也就是寫作乃是作者的觀念、思想、見解等，而不是以美麗的詞藻來構思。

　　接著，我寫現代詩的原則，除了散文詩以外，我把寫現代詩的行數限制在三十行以內，而且我寫現代詩向泰戈爾的《詩集》、阿拉伯詩哲紀伯倫寫的散文詩等學習「哲理的現代詩」，進而寫「童詩的現代詩」，譬如，在《品詩吟詩》（東大圖書公司出版）一書中，作者引用了，例如苗栗海濱國小何麗美的〈酒〉：

年輕時的媽媽，

像一瓶酒，

爸爸嚐一口就醉了。

接著，在本詩集〈輯一〉，而我寫的這首現代詩已有現代兒童詩的韻味，譬如，我寫的這首現代詩，詩名是〈媽媽〉：

媽媽的臉臭臭的！

媽媽的手臭臭的！

媽媽的腳臭臭的……

即便媽媽的身體都是臭臭的！

媽媽也懷有偉大的母愛，

媽媽呵護著自己的孩子——

在媽媽的心裡，總是，

希望孩子長大有成就——

望子成龍、望女成鳳……

從這首我寫的現代兒童詩來看，即使現代詩很難讓讀者去體會作者寫現代詩時的意境和情境，現代詩也沒有古典詩的抑揚頓挫和句尾的押韻，這就是現代詩與古典詩之間有一道無形的鴻溝，不過我寫的現代詩向泰戈爾的《詩集》、阿拉伯詩哲紀伯倫寫的散文詩等學習後，已有「哲理現代詩」

的風格，譬如，在本詩集〈輯一〉的這首哲理的現代詩，詩名是〈人生就像四季的交替〉：

人生的過程——生、老、病、死，
就像自然界的春、夏、秋、冬，
因此人生就像四季的交替。

然而嬰兒從母體誕生開始，
就如同春季的新的葉子——
新的葉子好比生的喜悅，
生的喜悅則是兒童時期，
然後，隨著時間的推移……

新的葉子逐漸發育成長——
夏季好比人生的青年期，
綻放那人生青春的花朵，
然後，隨著時間的推移……

新的葉子轉成濃綠之後——
秋季好比人生的壯年期，
壯年期則負起成家立業，
然後，隨著時間的推移……

時序一到逐漸染成黃葉——
冬季好比人生的老年期，
當你老了則黃葉飄零落地。

　　接著，譬如，在本詩集〈輯一〉的這首哲理現代詩，詩名是〈生與死〉：

在孤寂的大海上，一波一波的海浪，
隨著光明與黑暗的潮汐漲潮與退潮；
潮汐隨著大海搖動那生與死的搖籃，
就在此時，不知道生怎麼知道死呢？
生好像夏花綻放，死好像秋葉飄落。
自從嬰兒脫離母體，獨立呼吸開始，
生命便漸漸地走向死亡奧祕的世界，
即便擁有萬貫家財都買不到寸光陰，
人生數十寒暑的交替最終也都要死——
當生命結束的一刻，死亡好像通道，
通過死亡的通道，走向奧祕的世界……

　　從這兩首我寫的哲理的現代詩來看，現代詩才能讓讀者細心地來品詩——現代詩的意涵，也就是本詩集附錄一：我寫的「四首古典詩」，如〈臺北市孔廟〉、〈林安泰古厝民俗文物館〉、〈新北投溫泉〉、〈臺北101摩天樓〉等來與我寫

的現代詩做比較，另一方面讓讀者細心地來品詩──現代詩與
古典詩之間的鴻溝。

目 錄

輯一

1.詩的種子

我把詩的種子，
撒進我的心田，
等待掛滿結實累累詩的大樹；
寫古典詩的前輩在辛勞耕耘下，
把詩的種子撒進了心靈的園圃，
期待著詩的果實豐收供人享用。
即使現代詩沒有字句的限制，
也沒有押韻、平仄等的規則；
即使現代詩可以自由發揮，
也不拘形式，也不拘格式；
即使現代詩與古典詩都源自於人類的思想，
現代詩與古典詩之間卻有一道無形的鴻溝；
現代人須以細心地來品詩，
才能發現這道無形的鴻溝，
現代人也無法以思想來填滿，
現代詩與古典詩之間的鴻溝。

2.思想的種子

地球陸地上的生命起源於落地的種子，
種子茁長促使植物光合作用產生氧氣，
孕育了地球豐沛的生命和豐富的生物——
農夫在田地辛勞地播下稻的種子，
菜農在菜圃辛勤地播下菜的種子，
園丁在花圃辛苦地播下花的種子，
即便思想的種子，由思想家的前輩播下，
不過要收穫一個豐盛的思想，
也須好幾個思想家辛勞耕耘。

3.幸福的種子

愛及希望是幸福的種子的來源——
愛好像燈塔指引迷航的船隻，
愛也好像燈塔指引迷路的人，
愛也好像幸福的引路人；
希望好像一把金鑰匙，
可以打開彼此的心房，
即便有愛心的人
播下幸福的種子，
也因他們的付出，
才能體會真正的幸福。

4.雨天過後

雨天過後，
臺北的天空張開那七道的彩虹——
紅、橙、黃、綠、藍、靛、紫。

即使彩虹搭起了心靈溝通之橋，
卻也無法阻擋現代人的疏離感；
即使高不可攀的臺北101大樓，
也是這個城市記憶的浮標；
即使遊客們在此舉頭望高樓，
也在自己的手機開始搜尋——
臺北記憶的旅店，以便入住。

即使大臺北地區早已啟動了捷運系統，
也無法完全解決尖峰時段塞車的問題——
一節一節載滿乘客的車廂，
猶如蛇一般穿梭在臺北市——
街道、地下，就在這時候，
隨著時間一分一秒的消逝，
臺北市民在自己的手機裡，
彷彿找到了解開——
這個城市的密碼。

5.快樂的甘泉

快樂的甘泉深埋在——
心靈的深處的湧泉，
而當我勤勞工作時，
就隨著工作而快樂；
當我聆聽那美妙的音樂，
就隨著美妙的音樂而快樂；
當我渾然忘我的唱歌，
就隨著唱歌忘掉了憂鬱；
當我把傷心淚水化作甘露，
我就可以品嚐快樂的甘泉；
當我把自己融入書中的思想，
就隨著書中的思想，靜心下來。

即使快樂的甘泉就像甘露般的湧泉，
使我嚐一口就心曠神怡、精神振奮；
即使快樂的甘泉就像蔚藍的天空，
可以使人就像鳥兒自由自在翱翔；
即使快樂的甘泉就像一本無字天書，
可以使人自由發揮想像力及創作力，
親手寫上快樂的語詞、快樂的心情。

6.人生就像四季的交替

人生的過程——生、老、病、死，
就像自然界的春、夏、秋、冬，
因此人生就像四季的交替。

然而嬰兒從母體誕生開始，
就如同春季的新的葉子——
新的葉子好比生的喜悅，
生的喜悅則是兒童時期，
然後，隨著時間的推移……

新的葉子逐漸發育成長——
夏季好比人生的青年期，
綻放那人生青春的花朵，
然後，隨著時間的推移……

新的葉子轉成濃綠之後——
秋季好比人生的壯年期，
壯年期則負起成家立業，
然後，隨著時間的推移……

時序一到逐漸染成黃葉——
冬季好比人生的老年期，
當你老了則黃葉飄零落地。

註：這首〈人生就像四季的交替〉現代詩的創作，我是參考
　　與閱讀《人生四季之美》（天下文化出版），作者：日
　　野原重明；譯者：高淑玲的感想。

7.蜘蛛網

在偏僻的地方的樹枝上，
蜘蛛吐著絲結成蜘蛛網，
這時蜘蛛網像是捷運的網路圖，
也像是中國《易經》的八卦圖，
在我看來變成了八卦陣容，
就在此時蜘蛛網威震四方，
而蜘蛛等待有昆蟲掉進了，
蜘蛛網讓蜘蛛飽美味大餐。

然而蜘蛛網被風雨吹破了，
牠會補得更勞固、更堅強；
然而朝露黏在蜘蛛網上，
一串串地比珍珠更美麗，
但黏在人的身體上，
會讓人覺得受不了，
黏黏刺刺的蜘蛛網。

8.法律——法律多如牛毛與法律比牛毛還要多

法律好像一把刀，
而這把刀好像刀鋒和刀柄，
也就是一體的兩面。

然而，當審判者——法官；
當偵辦者——檢察官，
在審判、偵辦案件的時候，
也就他們有偏見且在利用——
本身的職權、法律的權威，
也就原告原本是受害者，
法官不但判原告敗訴，
還把責任推給了原告，
而且利用民事的條款——
原告是主張權利者須負舉證的責任。

然而，從古至今辦案的官員、
刑警、調查人員、檢察官及法官──
人的限制非常大，
也就是導致歹徒利用法律講求證據，
就這樣在檢察官及法官的限制下，
還有原本人性就是不公平，
如親戚朋友的關係、師生的關係……

然而，有人說：「現代的法律，法律多如牛毛。」
事實上，在網路資訊後現代化的今日社會──
法律比牛毛還要多。

然而，有多少的民事案件受害者無法獲得賠償？
又有多少的刑事案件因法律講求證據無法破案？
也就是可憐的受害者幾乎僅能以哭泣，
來紓發自己內心的痛苦啊！

9.歲月的染髮劑

歲月好像天然無形的染髮劑，
當你老了就把頭髮給染白了，
即便當理髮師把染髮劑，
把白頭髮染成了黑頭髮，
卻抵抗不住歲月的無情——
沉魚落雁之貌禁不起歲月的摧殘，
當我老了臉上流露出心靈的皺紋。

10.杉林溪——松瀧岩瀑布

一泓清涼的水，從青翠山頭傾瀉而下，
彷若震撼人心的瀑布，在我耳邊迴響……
瀑布則自行選取在繪畫裡，傾瀉而出，
隨著畫家的心思把瀑布停格在圖畫裡。
這時，我站在杉林溪的松瀧岩瀑布下，
呼吸那瀑布散發著，孤獨清涼的空氣，
即便在瀑布周圍的杉林瀰漫著芬多精，
感覺瀑布的水滴與空氣碰撞出負離子——
目前地球人口爆炸導致自然界的災難，
污染的人心則難以挽救大自然的生態，
然而，汙染的大地漸漸……
沒有綠草、花兒、鳥兒……
因此看不見春天的景色，
寂靜且沒有生機的春天。

11.平溪元宵燈節放天燈

當沉默不語的夜，靜靜地降臨時，
夜便覆蓋那黑漆漆且孤寂的天空。
即使眾多的人點著一盞一盞平溪的天燈，
天燈也隨著孤獨清涼的風，漸漸地飄向……
那缺少情感的夜空，就在這時候，
天燈與天空的星星幾乎難以分辨？
即使在無情的夜空點著有情的天燈，
生命裡寸寸的光陰也隨著天燈漸漸……
消失在離愁，一望無際星辰的夜空……

12.溫室效應

使人受不了刺痛的陽光，
曬得臺北盆地陷入憂愁；
我頂著揮汗如雨的夏季，
我躲進了臺北市地下街；
我開始尋找那孤獨的清涼，
擺脫那喧囂、煩悶的心情。
這時，隨著腳步向前移動……
而我的思想好像長了翅膀——
思想的翅膀翱翔心靈的深處；
思想的翅膀飛向南極的冰層，
俯瞰那傷痕累累融化的大地；
悲愁的天空出現黑團的雲層，
形成溫室效應的大氣層破洞——
流淚的大海漸漸……
淹沒悲傷的大地。

13.火舞

表演者用手點燃火棒，
就這樣隨音樂的旋律，
就用雙手舞動那火棒，
就用身體旋轉那火棒；

表演者用手點燃火鏈條，
就這樣隨音樂的旋律，
就用雙手舞動那火鏈條，
就用身體旋轉那火鏈條；

就在變化莫測的火舞表演，
因此表演者點燃愛的火棒，
因此表演者點燃希望的火棒，
因此表演者點燃夢想的火鏈條，
即便表演者希望觀賞火舞的觀眾，
捐錢來完成他們表演火舞的夢想，
但大部分的觀眾只是在觀賞火舞，
也就是受到經濟不景氣的影響，
也很少人願意把自己口袋的錢，
捐給火舞表演者來完成他們的夢想。

14.自信心是很奇妙的東西——自信心的巨人與自信心的小人國

自信心是很奇妙的東西，
當自己受到別人的肯定，
就這樣充滿了著自信心；

自信心是很奇妙的東西，
當自己沒有別人的肯定，
自信心就如凋零的秋葉，
並一葉一葉……飄零落地；

自信心是很奇妙的東西，
因此工作經驗產生自信心，
因此純熟技術產生自信心，
因此良好習慣產生自信心，
然而寫作投稿，專欄作家──
不用投稿而是與副刊、雜誌在約稿，
就這樣專欄作家變成自信心的巨人，
即便我不是作家而是坐在家裡打字，
但我從過去到現在，
我被退了太多的稿，
導致我的自信心受到嚴重的打擊，
也導致我的自信心變成了小人國。

15.寵物

然而，現代人心靈的空虛與寂寞，
有如自己飼養的一隻狗，
有如自己飼養的一隻貓，
有如自己飼養的一隻烏龜⋯⋯
最後被心靈的空虛與寂寞，
吞噬了自己豐富的潛力——
想像力、創作力、審美力⋯⋯
而整日過著無聊的日子；
然而，有越來越多的現代人，
以飼養寵物來取代——
空虛與寂寞的心靈。

然而，美國有一位富婆，
她在死之前立下遺屬——
她把自己部分的財產，
留給她飼養的一隻貓，
也就是這隻貓每天都有一些人，
為牠服務享有比人更高的享受，
啊！悲哀人的社會，
人比一隻貓還不如啊！

16.鏡子

攬鏡自照時，驚覺容顏隨著時光的流逝，
逐漸染白了頭髮，卻染不掉心中的憂傷，
即便鏡子照見了有形象的物體，
卻照不到那無形象的心靈世界——
我彷彿掉進了鏡子裡面，
去尋找過去記憶中的我。

17.媽媽

媽媽的臉臭臭的！
媽媽的手臭臭的！
媽媽的腳臭臭的……
即便媽媽的身體都是臭臭的！
媽媽也懷有偉大的母愛，
媽媽呵護著自己的孩子——
在媽媽的心裡，總是，
希望孩子長大有成就——
望子成龍、望女成鳳……

18.習慣之繭

習慣好像蠶吐絲所做的繭，
一天又一天變成作繭自縛；
習慣就如同吃飯那麼自然，
久而久之習慣成自然之後，
就在自己的生理時鐘——
早餐、午餐、晚餐吃飯。

即使每個人都有豐富的潛力——
想像力、創作力、審美力……
不過，也需要養成良好的習慣，
潛力才能源源不斷地開發出來。

然而，養成壞習慣的人——
抽菸、酗酒、吸毒……
一天又一天被壞習慣所綑綁，
最後落入習慣之繭，
也變成習慣的奴隸；
自己落入習慣的陷阱，
難以掙脫習慣的束縛；
自己的人生因壞習慣，
變成了無趣的黑麵包。

19.習慣病

進入現代化的社會，
而如今，網路資訊——
後現代化的社會，
文明疾病吞噬了，
現代人健康的細胞，
導致有滿多的現代人，
被病魔搞得痛苦不堪——
癌症、中風、糖尿病……

然而，有一種病？
是醫生無法診斷的病，
是護士無法護理的病，
是一切的藥物無法治療，
即便這樣的病是在自己——
日常生活中，一天又一天……
漸漸的養成，就稱之為「習慣病」。

然而，習慣如何影響身、心、靈？
良好的習慣——讀書、寫作、唱歌……
會從良好的習慣培育出健康的身心；
不良的習慣——抽菸、酗酒、吸毒……
會導致病魔纏身，最後只能面對死亡。

20.手機

現代人生活在手機的世界裡，
彷彿自己的世界只剩下手機，
就在這個時候，手指滑來滑去，
滑動那手機的面板，自己漸漸……
被氾濫成災的資訊淹沒了心靈；
坐著時、走路時、睡覺時，
時常看著自己手機的資訊，
即便眼睛被手機，猶如海綿般吸住，
吸走了思想，卻吸不掉心中的憂鬱；
一隻手機，可以打通全世界，
人與人之間，身體靠得很近，
現代人的心靈是愈離愈遠，
現代人的疏離感愈離愈遠，
現代人遠離了心靈的故鄉；
現代人的生活被手機控制自己的思維，
逐漸被手機的資訊淹沒了憂傷的心靈。

21.憂鬱症

科技文明的悲哀，導致多種文明疾病，
如心臟病、糖尿病、癌症、憂鬱症……
然而，當自己把命運交給了醫院，
交給了精神科的醫師，
交給了精神科的護理師，
交給了醫院的藥師，
交給了盛行於美國的行為主義心理學，
而行為主義心理學把人當作動物來看，
因此以數量化與物質化掌握人的概念，
而忽略人有情緒、意識、心靈及靈魂，
譬如，蘇聯的巴夫洛夫他對狗的實驗，
這就是一個刺激一個反應的原理，
把人當作狗來做實驗真實的例子。

然而，請問狗是人嗎？人是狗嗎？

接著，交給了精神病學，

最後，交給了精神科的藥，

如百憂解、思維佳、帝拔顛……

即便精神科的藥在控制精神病患異常的行為，

卻無法控制精神病患，失去了控制抓狂的心，

也就是當自己喪失了自我調適的能力，

因此當憂鬱症覆蓋了整個心靈的世界——

精神病患暗自躲在悲傷的角落，哭泣，

精神病患躲在自我憂鬱的世界，生活。

22.小孩與姊姊的對話

小孩好奇地說：綠色的葉子為什麼會變成紅色？
姊姊蹲下來，拾起一片楓葉，
彷彿拾起了整個秋天的景色。

姊姊對著小孩說：因為楓葉到秋天時，
會隨著思念的季節而染上色彩。
小孩張開微笑的臉龐，
躺在姊姊溫暖的懷抱，
然後，把小嘴巴貼在姊姊的耳朵輕輕說：
姊姊的臉比秋天的楓葉還要紅，
姊姊笑了，
吻著小孩圓嘟嘟的臉，
小孩安靜地睡著了。

註：二十幾年前葉×在臺北市耕莘寫作班當祕書一職時，而我寫信給她時，我都把她稱為姊姊，而這首〈小孩與姊姊的對話〉的現代詩，其實就是我與葉×的對話，也在二十幾年前發表於臺北市耕莘文教院的耕莘寫作班的月刊，然而多年下來我發現葉×與作家三×的死都因為自殺，所以她們為什麼會選擇自殺，來結束自己寶貴的生命？其實對自殺者而言，每個人的原因都不一樣，但每個人一樣的是，只要是人都有自由意志與自我意識，也就是可以自由選擇——因為動物沒有自由意志與自我意識，所以地球上的動物除了人類以外（除非有外星人），譬如，黑猩猩、猴子、獅子、老虎……，牠們只有生存的問題，而沒有像人類有選擇意義、價值、文化、教育、藝術等等的問題，由此可知我為了預防自殺與抵抗自殺，多年前我就告訴自己：「我可以被關進監獄，但我一定不會自殺。」但是，不論我有沒有違法，我一定周旋到底。

23.禿頭

青春的容顏，
經不起時間的摧殘——
一根根稠密的黑髮，
被煩惱、被憂愁、
被離情、被心痛……
點染成零星雪花飄然，
黑髮、白髮漸漸地——
崩潰、凋落、死亡。
攬鏡自照，
用手撫摸，
驚覺自己的腦袋瓜，
前端空出一塊畸零地——
醜，無地自容。
美，另有千秋。

24.湖泊

湖泊的湖水亮如一面鏡子，
因此把森林、綠草、藍天，
照進了湖水裡，就在此時，
森林在清晨攬鏡梳妝，
綠草洗去骯髒的空氣，
藍天好像雲般的游走，
即便湖泊不理不睬的躺在大地上，
我的心也嚮往著倘佯在大自然的懷抱，
就在萬般寂靜裡，我想像躺在湖畔旁，
就這樣讓我的憂傷隨風遠去，
享受著片刻不可思議的寧靜。

25.來自心海的思潮

來自心海的思潮，
就這樣一波一波……
思潮在內心深處，
隨著心海拍打著——
無形的內在世界，
即便思潮好比海潮，
也就心海好比大海，
可是人的心靈世界，
仍與大自然的世界，
在有形象的外宇宙，
與無形象的內宇宙，
自己形成屬於自己的內在世界。

26.生與死

在孤寂的大海上，一波一波的海浪，
隨著光明與黑暗的潮汐漲潮與退潮；
潮汐隨著大海搖動那生與死的搖籃，
就在此時，不知道生怎麼知道死呢？
生好像夏花綻放，死好像秋葉飄落。
自從嬰兒脫離母體，獨立呼吸開始，
生命便漸漸地走向死亡奧祕的世界，
即便擁有萬貫家財都買不到寸光陰，
人生數十寒暑的交替最終也都要死——
當生命結束的一刻，死亡好像通道，
通過死亡的通道，走向奧祕的世界……

27.我的心呵，猶如火山爆發……

我的心呵，猶如火山爆發……，
從我的內心深處噴發出燒紅的岩漿，
隨著時間的冷卻凝固成心靈的岩石；
我的心呵，猶如火山爆發……，
從我的內心深處不斷地湧現超能量——
我的靈魂、我的精神、
我的情緒、我的潛能、
我的心痛、我的創傷——
我的心呵，唱歌紓發負面的情緒，
我的心呵，聽音樂來按摩我心痛，
我的心呵，讀書來治療我的創傷，
我的心呵，種花賞花來穩定心情，
我的心呵，看電影來紓解我憂傷……

註：二十幾年前葉×在臺北市耕莘寫作班當祕書一職時，多
　　年下來我發現她曾對我說：「我的純真像一面鏡子。」
　　而且，她當時又說：「我的潛力是爆出來的。」可是，
　　她根本不知道，我當時在耕莘寫作班上編輯的課程時，
　　而教編輯的號×出版社的負責人陳×磻先生，後來我發現
　　他對我惡意的設計：「寫書是現代人的身分證。」的陷
　　阱，然而為什麼？我的心呵，猶如火山爆發……，也就
　　是誠如中國的亞聖孟子曰：「大人者，不失其赤子之
　　心。」從這句中國的亞聖孟子的思維來看，我的純真像
　　小孩說話很直接，因而我不但得罪了他且他沒有對我
　　「因材施教」，反而他惡意對我陷害造成了我的心靈嚴
　　重的撞擊和創傷，也造成精神疾病的病發主要的原因之
　　一。

28.女人臉上的美麗是很脆弱的

女人臉上的美麗是很脆弱的，
為什麼？
因此有人認為年輕就是美，
你能認同嗎？
因此有人認為你已不年輕——
健康就是美，你能認同嗎？
因此有人認為你已不年輕，
也不健康，成熟就是美，
你能認同嗎？

女人臉上的美麗是很脆弱的，
為什麼？
因為不論男人和女人都要經過——
人生的生、老、病、死的過程，
所以當妳老了臉上布滿了皺紋，
皺紋也奪走了女人臉上的美麗——
趙傳主唱的《我很醜，可是我溫柔》，
你能認同嗎？

女人臉上的美麗是很脆弱的，
為什麼？
閉月羞花的容貌禁不起歲月的摧殘，
當妳老了臉上的皺紋就自然出現醜，
當妳老了美麗隨著老化自然消失了，
當妳老了伴隨著病痛都要面對死亡。

29.油桐花祭

然而，自古以來，
在人類的社會中，
就有祭典的儀式——
祭鬼神、祭祖先……

然而，有一種祭典，
在過去，我好像沒有聽說過，
也就是每年五月油桐花盛開的時候，
客委會因此每年以不同的主題舉辦——
客家油桐花祭。

然而，在我的記憶裡，
好像把其它的花誤認為油桐花，
也就是真正的油桐花，
我好像沒有親自看過。

然而，有一種雪景，
與雪花飄落是不一樣的，
也就是它飄落的不是雪，
而是油桐花的花瓣，
因此讓遊客步行在油桐花步道，
感受著綻放著會思想的油桐花，
即便油桐花只顧自己花開花謝，
而客家人仍守著油桐花的故鄉。

註：這首現代詩〈油桐花祭〉，參考近代法國哲人巴斯卡
　　（B.Pascal），而他在「深思錄」裡留下的一句名言：
　　「人只不過是大自然中最柔弱的蘆葦，但他是會思想的
　　蘆葦。」

30.甘蔗

我把

一根

一根

多汁的甘蔗

咀嚼

甜美的思想

吐出

文明的蒼白

輯二

31.鎖

鎖，鎖住了門卻仍鎖不住小偷的光臨，
鎖，鎖住了門卻鎖不住現代人的憂鬱，
即使在網路資訊後現代化的今日社會，
往往只有一牆之隔的鄰居，
一道牆卻也隔著兩個世界；
即使現代人想擺脫那苦悶的鎖，
也想擺脫猶如鳥籠生活的空間，
卻擺脫不了心中那把無形的鎖。

32.隨身碟

一個小小的隨身碟，
能收納多少的思想？
原本用手寫的稿件，
經由電腦打字，
建立命名檔案，
就在隨身碟裡，
形成了思想的聚寶盆。

33.電梯

上樓，選擇按下上樓的樓層，
下樓，選擇按下下樓的樓層，
然而，在上樓與下樓之間，
然後，在進門與出門之間，
而現代人趕著時間上下班。

即使彼此在電梯裡相遇的時候，
也有許多現代人在電梯裡玩手機——
現代人一隻手機可以打通全世界，
現代人身體彼此靠得很近，
現代人的心靈則越離越遠，
現代人的疏離感越離越遠，
現代人遠離了心靈的故鄉。

即使這是以前臺灣發生真實的故事，

也就是有一位小孩覺得電梯很好玩，

於是他在上班時間進入電梯之後，

就把電梯的每個樓層全部都按了，

這時趕著上班的人一時覺得傻眼，

即便趕著上班的人心裡非常焦急，

但也只能無奈看著電梯一開一闔，

最後趕著上班的人幾乎都遲到了。

34.我的心與油桐花

滿山遍野的油桐花像打開心靈的窗子,
我的心開始尋找那快樂、幸福的山頭;
我的心開始尋找那白的醉人的油桐花,
隨著時光的花開花落,我的心與油桐花,
綻放那豐富的思想,綻放那微笑的芬芳。

為你打開另一扇窗,窗外是盛開的油桐花,
就在這個時候,油桐花用香氣使空氣芬芳,
即便油桐花從詩的字句裡,選取自己快樂的意義,
客家人仍守著一片山林,守著無憂無慮的油桐花。

35.林安泰古厝民俗文物館

古厝的一磚一瓦一石一木，
保存著歷史的古蹟的風貌，
保存著器物與文化的視野，
保存著古代人生活的記憶。

然而，古厝之美──
中國閩南式的傳統燕尾風貌，
中國風水聚寶收納的月眉池，
凹壽三川門雕飾等象徵吉祥，
映月大池迎風隨月使人安靜思想，
風水案山與道法自然的造景理念……

然而，古厝是自然與人文的縮小版，
因此當你遊賞園林的時候，
你會發現在臺灣的溪石野澗、石景……
也可以在古厝縮小版的一角，
看見自然與人文濃縮精緻優美的風景。

36.心病無藥醫

然而，有許多的現代人在關心精神病患，
如思覺失調症、躁鬱症、憂鬱症、身心症⋯⋯
可是他們卻只關心，
精神病患有沒有吃藥？
但是，相對於此，
先問自己有沒有吃藥？
因為每個人從小到大都吃過藥，
又何必問精神病患有沒有吃藥？

然而，中國歷代的名醫說：「心病無藥醫。」
在我看來精神科的醫師，
利用精神科的藥在控制──
精神病患異常的情緒和行為，
但仍無法控制精神病患抓狂的心。

然而，有人說：「唱歌是治療憂鬱症最好的方法。」
在我看來唱歌是日常生活的潤滑劑，
也是治療精神疾病（心病）最好的方法。

37.刺青

然而，刺青的工作者，
把身體當成畫布，
一針又一針……
刺入被刺青者皮膚的毛細孔，
並把構思好的圖案，
如龍、鳳、老虎、美女……
一針又一針……
刺入被刺青者皮膚的毛細孔。

然而，躺著被刺青的男女，
身體不斷地發出痛！
即便被刺青者忍耐多時後，
也在藝術與色情的分界線，
完成了烙印於身體刺青圖案，
也完成了抹不掉烙印的記憶。

38.玫瑰花

帶刺的紅玫瑰，好像漲紅臉憤怒的女人，
就在這個時候，左鄰右舍深怕她的憂鬱；
白玫瑰好像純潔的女人，而在她的臉龐，
綻放她體貼的思維，綻放她溫柔的氣質，
即便眾多品種的玫瑰花使空氣芬芳，
空氣中卻瀰漫著現代人心中的憂愁。

39.人類世界──金錢世界

小說世界、詩的世界、
電影世界、現實世界……
有錢，才有夢想，
有錢，才有希望。

冷風冷雨冷心情，
但沒有錢更寒冷，
即使錢不是萬能的，
錢也買不到生命，
錢也買不到時間，
錢也買不到回憶……
但沒有錢卻萬萬不能。

然而，過去錢印刷、錢宣傳、
錢交易、錢詐騙、錢犯罪……
如今，在網路資訊後現代化的社會，
即便錢隨著二十一世紀人口的爆炸，
後現代人在使用錢方面更加的氾濫——
變成了前途等於錢途，
變成了知識就是金錢，
變成了以賺多少錢？
來評價一個人的價值——
人類世界——金錢世界。

40.水族箱的世界

然而，詩人布萊克說：
「在一粒沙中，我看到世界；
在一朵花中，我看到天堂。」
從這句名言來看，這時我發現：

水族箱好像濃縮大自然的一角，
而水族箱呈現多彩多姿的世界，
如小魚在水族箱裡頭游來游去；
水族箱裡頭所放置水中的植物，
好像在水族箱舞動曼妙的舞姿；
彩色的人工石和彩色的 LED 燈，
把水族箱裡頭襯托出絢麗的世界，
我則欣賞著水族箱人工流動的水景，
把自己的煩惱、憂愁、心痛及創傷，
然後寄情於水族箱像是萬花筒的世界。

這時水族箱好像打開另一扇心靈之窗，
我則藉由這扇心靈之窗，
去欣賞著水族箱的世界，
一起與它生活，一起與它呼吸。

41.挖掘

然而，考古學家挖掘古老的文物，
尋找那古老的文物，首先，
他們找到一把十八世紀的刀子，
再往地層底下挖掘時，
他們發現一把十六世紀的梳子，
再向下挖時，他們找到一個第七世紀的甕。

然而，人生最寶貴是從事一項考古的工作，
就這樣在內心深處挖掘心靈的寶藏，
挖掘豐富的潛力，進而去開拓潛力。

42.泰姬瑪哈陵

然而，印度的泰姬瑪哈陵，
有如埃及的金字塔，
有如中國的萬里長城，
有如柬埔寨的吳哥窟⋯⋯

然而，要建造一座泰姬瑪哈陵，
需要花費二十二年的時光，
而在二十二年的歲月裡，
是犧牲多少人的生命？
是犧牲多少人的青春？
是犧牲多少人的幸福？
才有這樣雄偉壯麗的泰姬瑪哈陵。

然而，泰姬瑪哈陵位於印度北方的阿格拉（Agra），
是印度蒙兀兒帝國第五代皇帝沙迦罕（Shah Jahan），
因此他為了皇后瑪哈而興建的陵墓，
就這樣在一六三〇年至一六五二年，
以白色大理石打造而成的泰姬瑪哈陵。

然而，那時印度只有皇家貴族在享受，
卻造成大部分的印度平民在受苦，
甚至有不少人淪為乞丐過著非人的生活，
啊！人類的社會為什麼如此的不公平？
啊！建造泰姬瑪哈陵的後裔，
仍居住在泰姬瑪哈陵的附近，
仍守護著泰姬瑪哈陵的靈魂。

43.讓我們來迎接——以前金門戰地的春天

湛湛的藍天裊裊的雲朵，
藍天和白雲則自我的陶醉——
無拘無束漂浮在雲海飛翔，
這時海風吹過蔚藍的海面，
煦煦朝陽則普照太武山顛。

碉堡喚醒以前金門戰地的春天——
楊柳染綠了古崗湖，
桃花開滿莒光樓前，
料羅灣上片片漁帆；
中央公路，康莊大道，
梧江書院，清幽雅境，
太湖泛舟，金波盪漾，
榕園尋勝，別有洞天，
花生貢糖，口齒留香，
金色黃魚，鮮嫩好吃，
還有看起來像是砲的酒瓶，
還有金門戰地英雄的瓷像。

遙想當年古寧頭，
共軍潮湧來搶灘，
國軍舉槍齊向前，
槍林彈雨碧鮮血，
然而寒流即將遠去，
夜盡就是曙光乍現，
讓我們來迎接──以前金門戰地的春天，
也就是從馬山觀測站與大陸遙遙相望。

44.理性的堤防

人海茫茫掀起了生存、生活、競爭的浪潮，
就這樣一波一波的浪潮沖刷著理性的堤防；
心海在內在的宇宙掀起了波濤洶湧的巨浪，
就這樣波濤洶湧的巨浪淹沒了理性的堤防，
即使現實的巨浪幾乎淹沒理性的堤防，
我也鼓起勇氣與現實的巨浪展開搏鬥；
即使我把自己人生不幸的遭遇交給了時間，
也就誠如有人說：「時間是最好的醫生。」
在我看來從時間的淡化我心靈嚴重的創傷，
也從淡化走向淡定的人生。

45.床

床是人類睡覺的地方，
床是人類做夢的地方，
床是人類傳宗接代的地方……
然而自從人類發明了床，
人類就遠離了如毛飲血的生活，
人類就遠離了原始人在洞穴生活，
人類就遠離了原始人在樹上生活；

然而我把自己交給了床，

交給了會做夢的床，

交給了會想像的床，

交給了會思考的床，

後來我才發現，

我寫作的夢想，

我寫書的夢想，

我對文學的夢想，

好像被變態的知識怪獸，

吞噬了我的夢想，

但我還是與變態的知識怪獸，

以及知識販賣機進行搏鬥——

只要我活著的一天，

我不會放棄寫作的。

46.颱風

強風使勁！使勁的吹！
豪雨使勁！使勁的下！
強風吹壞了房屋、樹木……
豪雨造成了洪水、土石流……
滾滾洪水、土石流氾濫成災，
災民則傷心離開他們的故鄉，
離開故鄉住在臨時的居留所，
但他們卻離不開心靈的故鄉。

47. 人體彩繪

然而，人體彩繪，
藝術乎？色情乎？
就這樣人有生理需求，
也有性的需求和衝動，
因此藝術與色情如何分辨？

然而，有人認為——
有修養的人所看見的都是藝術，
沒有修養的人所看見都是色情，
因此你能認同嗎？

然而，有人認為——
年輕時血氣方剛所看見的都是色情，
可是當你老了就變成了藝術品，
因此你能認同嗎？

48.上班與下班

星期一打卡上班與下班，
星期二打卡上班與下班，
星期三打卡上班與下班，
星期四打卡上班與下班，
星期五打卡上班與下班，
到了星期六，才問自己：
為什麼？一天過一天，
為什麼？一年又一年，
為什麼？自己的生命隨著時間，
為什麼？過著重複單調的日子，
即便有越來越多的現代人，
因工作性質不同，如保全、
醫護人員、照顧服務員……
他們需要輪三班制的工作，
因此與公務員、行政人員……
而在星期一至星期五工作，
星期六、星期日則是休假，
因此比較起來上下班的時間，
使人羨慕且使人覺得幸福啊！

49.人生就像一條單行道

人生就像一條單行道，
因此在人生的過程，
隨著時光的倒流與復現，
也就是在自己的記憶裡，
回憶自己走過的人生旅程。

人生就像一條單行道，
因此人生不可能像開車可以倒車，
也就是自己走過的人生旅程，
絕對不可能從新再來一次，
因此每一次的選擇及遭遇，
完全都是唯一的一次，
因此根本沒有佛教的生死輪迴。

人生就像一條單行道，
因此在西方《聖經》的經文，有耶穌說：
「忘卻背後，努力向前，向著標竿直跑。」
因此耶穌所說的變成了失憶症與失智症，
因此耶穌所說的忽略了人有記憶和回憶，
因此耶穌在某個角度來看根本不了解人。

50.手掌與命運

手掌握住手把站穩腳步，
彷彿掌握人生前進的方向，
彷彿掌握了每一次的抉擇，
彷彿掌握了世界的趨勢，
彷彿掌握著自己的命運，
我就這樣把手掌打開來，
仔細地觀看掌紋的紋路，
這時掌紋彷彿布滿了命理的掌紋。

多年前有懂命理的人要跟我算命，
於是，他就直接問我的姓名，
然後他對我說：李淵洲，命中缺水，
因此他想把我的名子改成：李信蒼。

然而，那時我很鐵齒堅持不改名子，
但我後來發現西方一位哲學家的思想，
他說：「雖然我不能改變自己的命運，
但我可以改變對命運的態度。」

然而，命理、星座、血型、紫薇斗數……
僅能提供命運的參考而已，
不能如此來界定一個人的命運，
即便自己無法改變命運，
但還是可以改變對命運的態度，
因此命運掌握在每個人的手中。

註：「鐵齒」，是台語（閩南語），意思是不改變本來的初
衷。

51.庇護所

一年前臺北市立美術館封館維修的期間，
外面則以竹片搭建而成的超大型藝術品，
就這樣緊緊地吸引遊客的目光來此欣賞。

創作者把滿多的竹子劈成竹片，
是採用人工？還是採用機器？
然而，一片一片的竹片，
創作者把竹片交叉相疊，
並以藝術的手法疊成了，
好像特大號蒙古包的庇護所，
即便特大號竹片的庇護所，
它不是身心障礙者的庇護所，
而它是二十一世紀——
人類心靈的庇護所。

52.即使我不曾登上玉山的主峰

即使我不曾登上玉山的主峰，
也不曾住過玉山的排雲山莊，
可是我曾搭車到合歡山、阿里山；

即使我不曾登上玉山的主峰，
也不曾在玉山的主峰觀日出，
可是我曾在合歡山、阿里山觀日出；

即使我不曾登上玉山的主峰，
也因山有大山小山海拔高低的區別，
可是藍天、白雲、青山、綠水，
對大自然而言卻是大同小異；

即使我不曾登上玉山的主峰，
也從喜瑪拉雅山的聖母峰，
乃至全世界的高山峻嶺，
晨曦依舊從東方耀初山巔，
這時我的心像初升的晨光，
而讓晨光溫暖我們的胸懷；

即使我不曾登上玉山的主峰，
也因排雲山莊、合歡山莊、
阿里山莊等像一隻小船，
而漂浮在綿綿的散開的——
燦爛的雲海。

然而我發現了，
你看青山綠水，你聽蟲鳴鳥叫，
因此大自然的景色，
呈現在我們的眼前，
讓我們慢慢的欣賞——
創造宇宙萬物的奧祕……

53.笑的哲學——以哲學來引導我笑

笑的哲學——以哲學來引導我笑，
為什麼？
西方有一位哲學家把哲學喻為——
一切學問之母，
所以我以哲學來引導我笑；
西方的哲學家尼采說：
「因為人類是最憂鬱的動物，
所以人類才發明了微笑！」

笑啦，笑啦，笑出我的憂鬱吧！
笑啦，笑啦，笑出我的心痛吧！
笑啦，笑啦，笑出我的眼淚吧！
然而淺淺的一笑不如哈哈大笑！
為什麼？

生命裡要有春天，我們要笑！
生病裡要有陽光，我們要笑！
面對人生的挫折，我們要笑！
面對人生的失敗，我們要笑！
面對人生的逆境，我們要笑！
面對人生的生、老、病、死，
我們更要以笑來面對自己。

54.水舞

在貓纜動物園站旁的水舞區，
是由人工建造而成的水池，
而水池裡面安裝噴水設備，
因此隨著輕快、曼妙的樂曲，
噴出各種形狀的水花和水柱，
水水水水水水花花花花花花⋯⋯
水水水水水水柱柱柱柱柱柱⋯⋯
就在此時，水花和水柱，
舞動那神奇的水舞表演，
然而，水舞就像是男女——
在跳國際標準舞，
如華爾姿、探戈⋯⋯
這時我的心與水花和水柱，
綻放著心靈的水花和水柱。

55.然而，當你老了

然而，當你老了，
只剩下一把老骨頭，
猶如手裡握著柺杖，
支撐著老年的生活；

然而，當你老了，
生命如黃葉般的凋零，
因此珍惜老年的時光，
活出老年生命的光輝；

然而，當你老了，
滿頭白髮蒼蒼，
滿臉都是皺紋，
雙腳走不動了，
而伴隨著病痛；

然而，幸運的老人，
還有老友、老伴、老本，
來支撐他們晚年的生活；
然而，不幸的老人，
沒有老友、老伴、老本，
因此與挨餓、病痛及死亡在拔河。

註：這首現代詩〈然而，當你老了〉的創作，參考前總統府
　　資政陳立夫先生，而他對人老了要有三種依靠，第一，
　　老本；第二，老友；第三，老伴。

56.聲動——光與音現代詩的相遇

投影機的光束與鏡頭的聚焦，
投射在牆上的螢幕上的作品——
《想太多》、《低矮的草》、《深入花園》、
《河流》、《四重奏》、《宛如一點》……
因此集結了二十多位——
當代藝術家的藝術的聚焦，
然而藝術家的挑戰——
聲音與視覺的聯繫，
聲音與運動的現代詩的相遇
聲音與運動的現代詩的接觸，
聲音與運動的現代詩的流動……
因此把聲音激發出來的作品，
並在不同的肌理、節奏，
以及聲音的呼吸起伏，
就在此時震撼著心靈的想像，
也開啟我們全新的視覺世界。

註：這是我在臺北市美術館觀賞主題為「聲動：光與音的
　　詩」，並參考臺北市美術館所提供的簡介，來作為我創
　　作這首現代詩〈聲動──光與音現代詩的相遇〉的靈感。

57.蚊子

黑夜裡，

忽然聽到鬧嗡嗡的蚊子聲，

就這樣蚊子飛到東又飛到西，

就這樣蚊子飛到北又飛到南，

就這樣蚊子飛來飛去，

就這樣蚊子在夜裡亂飛，

然而我以雙手拍打牠，拍打牠……

可是仍拍打不到牠，

然而蚊子叮咬一而再，

再而三叮咬著我，

讓我受不了，

然而我只好把蚊帳放下來，

才把蚊子給隔離了，

睡著了進入了夢鄉。

58.太魯閣國家風景區

太魯閣幽谷景色美如畫，
橫貫公路景色使人著迷，
而在燕子口的上空，
眾多燕子飛來飛去；
遊客在此憑欄仰望九曲洞口，
洞口如通往世外桃源的通道，
低頭則俯瞰險象環生的懸崖，
懸崖如大地陷落的萬丈深淵。

天祥的梅花開的，猶如雪那麼潔白，
長春的瀑布聲，猶如雷聲那麼響亮，
就在此時許多遊客佇立在靳珩橋上，
看著青山綠溪，溪水長流，
遙想當年多少建造橫貫公路的英雄？
心力交瘁築成了新的景點及棧道，
然而遊客行到此處時，
感念他們的勞苦功高；
千仞峭壁，猶如一線天、
層巒疊翠、青山綠溪使人精神爽快。

59.阿里山觀日出

當東方的曙光漸漸的發白，
朝陽就爬上阿里山的山頭，
這時曉霧瀰漫了整個山谷，
於是我們興奮地等待，
而此時風吹過了山崖，
眾多的鳥在天空翱翔。

破曉時分，
一輪曉日，
飛出了天際，
把群峰披上了金色的光彩，
這時白雲如羊的毛，
綿綿地緩緩地散開。

阿里山莊像一隻船，
漂浮在燦爛的雲海；
我們仰望曙曦乍現，
低頭俯瞰山谷小徑；
我們在阿里山顛熱情的歡呼！
不管曉寒冷得使我們受不了，
卻擁有晨光溫暖我們的胸懷。

60.夢想與現實在拔河

有人認為——
人類因夢想而偉大，
但我在追求夢想的過程，
後來我才發現，
寫作、寫書僅能當成興趣，
無法提供生存的必要條件，
就這樣夢想與現實在拔河，
而夢想陷入了幻想的流沙，
不但無法實踐自己的夢想，
也因現實無情的打擊——夢想，
也因欠缺金錢須放棄——夢想，
也因生存須工作丟棄——夢想，
也就是這樣夢想變成了幻想，
如夢如幻而被現實的巨獸——
吞噬了我寫作、寫書的夢想，
但我仍與現實的巨獸進行搏鬥——
只要我活著的一天，
我不會放棄寫作、寫書的夢想。

輯三

61.打開智慧型手機

打開智慧型手機，
彷彿打開了整個世界的風景，
這時我在智慧型手機的網頁，
瀏覽一頁頁世界各國的風景，
如中國的萬里長城、埃及的金字塔、
印度的泰姬瑪哈陵、柬埔寨的吳哥窟……

打開智慧型手機，
進入現代化的社會，
而如今是網路資訊後現化的社會，
也就是一隻手機可以打通全世界，
但人與人之間身體靠得很近，
也就是地球好像一個地球村，
可是人的心靈是越離越遠——
後現代人遠離了大自然，
而生活在水泥森林裡頭；
後現代人的疏離感越離越遠，
後現代人遠離了心靈的故鄉。

打開智慧型手機，
知識、資訊的氾濫，
好像強烈的颱風，
颳起了大風大雨，
於是強勁的風雨，
淹沒憂傷的心靈。

62.癌症

使人受不了汙染的二十一世紀，
造成了人類文明的病因的來源，
然而埋藏在身體的癌細胞，
不知何年何月何日會爆發？
然而總有一天會等到你──
人生的生、老、病、死──
當有一天癌細胞從身體爆發時，
因此漸漸的吞噬了健康的細胞，
最後癌細胞把健康的細胞吃光，
這時死亡將與你拔河，
但你還是輸給癌細胞，
最終還是要面對死亡。

63.手語

手語是聾啞人士，
與人溝通的橋樑；
手語是語言、文字，
另一種表達的方式；
手語是在延伸肢體語言，
把人的思維以手的動作、
肢體的動作及臉上的表情，
因此呈現人與人可以溝通、
交流、互動的另一種語言。

隨著歌曲的歌詞、音符及節拍，
我清唱著《友情》這首歌曲，
因此我一邊清唱，
另一邊以手語來詮釋這首歌曲：
友情，人人都需要友情，不能孤獨，
走上人生的旅程，要珍惜友情可貴，
失去的友情難追，誠懇，相互勉勵，
閃耀著友情的光輝，永遠，永遠，
讓那友情，溫暖你心胸。

然而隨著一邊清唱，
另一邊手語的動作、
肢體的動作及臉上的表情，
彼此手牽著手，心連著心，
因此彼此渾然忘我，
在這首友情的歌曲，
進一步則藉由這首友情的歌曲，
來治療我的心靈的創傷和心痛。

64.金色海岸

我坐在淡水河的河畔旁，
就在此時，樹蔭覆蓋了一地的陰涼，
然而陣陣的海風吹著憂傷隨風遠去；
就在此時，淡水河像是一條金色的龍，
閃閃發亮在淡水河與海水出口的匯流，
也形成詩的河流與哲學的海洋的匯流。

我漫步在金色的海岸上，
就在此時，夕陽的餘暉，
照著淡水河與海水出口，
好像一幅梵谷的名畫。

就在此時，淡水河與海水出口，
被夕陽染成了金色的風景，
因此讓遊客陶醉在會思想——
詩的河流與哲學的海洋匯流的美景；
就在此時，金色海岸，
在心靈的深處閃閃發亮，
與淡水河和海水出口互相輝映。

註：這首現代詩〈金色海岸〉的創作，參考近代法國哲人巴
　　斯卡（B.Pascal），而他在「深思錄」裡留下的一句名
　　言：「人只不過是大自然中最柔弱的蘆葦，但他是會思
　　想的蘆葦。」

65.萬家燈火

我站在臺北市的小山頭——軍艦岩，
仰望夜空中最亮眼的北極星，
這時我好像擁有一把宇宙的鑰匙，
也好像打開了宇宙的門窗，
就這樣進入了浩瀚的宇宙，
然後行星、恆星、星團……
圍繞著與我共舞。

這時面對宇宙星辰使我想起——
地球就是人類賴以生存的家，
而地球的汙染越來越趨嚴重，
人類就尋找外太空的適居地——
第一站就是火星，
而火星在不久的未來即將成為，
人類除了地球之外的第二個家。

我俯瞰軍艦岩底下，這時一盞一盞的燈光，
點亮了整個臺北盆地，也點亮了萬家燈火，
就在此時家家戶戶的燈光向四面八方投射，
因此燈光、月光、星光，與我思念的故鄉，
都融入我的心靈深處，陪伴著我進入夢鄉。

66.然而,感恩是什麼?

然而,感恩是什麼?
在我的心中開始搜尋——
感恩的人、時、地、物,
但在網路資訊後現代化的今日社會,
我的感恩只剩下對我的父母親有感恩——
父母親的養育之恩,為什麼?
因二十幾年前人為、宗教等因素的誤導和傷害,
造成我的心靈受到嚴重創傷和經歷了大風大雨,
即便我的父親個性太老實和他錯誤的觀念——
欺負也是一種鼓勵,被人陷害也傷害二哥和我,
但我仍堅持感恩我的父親的「養育之恩」。

然而，感恩是什麼？

感恩、感恩、感恩、感恩、感恩……

因此有人唱著感恩的心、感恩有你，

即便現代化的教育啟發了我的感恩，

可是感恩必須發自一個人的內心，

如果感恩不是發自一個人的內心，

那麼感恩變成了無形感恩的壓力，

也在強迫我要去感恩，

因此感恩變成了無感，

然而無形感恩的壓力，

已失去了感恩的意義。

67.傘——會咬人的陽光

然而，以前的陽光，
只是曬得人體與大地在冒汗，
而現在的陽光——
全球籠罩在憂鬱的溫室效應，
也就是溫度每年都愈來愈高，
因此南極北極漸漸融化冰層，
海水上升低窪陸地沉入海底；

然而，產生了會咬人的陽光，
就這樣咬的人的皮膚有刺痛感，
就這樣咬的人陷入憂傷的心靈，
就這樣咬的人躲進冷氣房來避開，
讓人熱的受不了而會咬人的陽光；

然而，我用手撐開一把傘，
好像撐開會咬人的陽光，
好像撐開一地的陰涼，
好像撐開天與地的宇宙乾坤。

68.歷史的長河

人類的文化，宛如一條歷史的長河——
在這條河裡，有：傳統的文化、
器物、制度，乃至人類的思想；
我想吸取人類的思想，
來灌溉我貧瘠的心靈，
即便心靈難以立即獲得思想的滋潤，
可是至少讓我能悠遊在歷史的長河，
與從古至今的思想家，對話和請益——
李白被世人尊稱為詩仙；
杜甫被世人尊稱為詩聖，
我則自稱為詩剩——
我不是聖人，我是剩下來的人。

69.導盲犬

然而，有一種狗與家犬是不一樣的，
人類因此把牠取名為導盲犬。

然而，惠光導盲犬學校創立於 1991 年，
是第一所在臺灣成立的導盲犬培訓學校，
也是臺灣唯一結合盲校的導盲犬學校。

然而，惠光導盲犬學校的開路天使計劃，
讓導盲犬從三個月至一歲期間的寄養家庭，
一歲至兩歲則在惠光導盲犬學校接受訓練，
直到十歲左右提供給志工、訓練人員及視障者使用。

然而，導盲犬是經由專業訓練人員的訓練後，

成為幫助視障者路障的開路天使，

因此導盲犬帶領著視障者想去地方，

即便臺灣的無障礙有設置導盲磚，

讓視障者拿著導盲桿隨著導盲磚，

一步一步地前進，

從黑暗中去摸索，

也就是在許多視障者的心目中，

已無法以導盲桿、導盲磚來取代導盲犬。

70.神奇的極光

太陽好像一團火球，
而太陽把自己燒得——
受不了，然後只好——
釋放出帶電的粒子，
帶電的粒子形成了太陽風，
有一些的太陽風則以光速，
快速通過地球南極北極的夜空——
撞擊地球大氣電離層中的氧、氫及氮——
地球周圍造成一種大規模放電的現象，
因此產生了神奇的極光。

捕捉極光最佳的觀賞的地點——
在接近北極圈的高緯度，
在接近南極圈的低緯度，
找一個空曠的地方，
在一片黝黑的夜空，
遠離了城市的光害，
就在這時極光好像一位舞者，
舞動那無數的夢幻般的彩帶；

夢幻般的彩帶把南極北極的夜空，
就像泰戈爾的詩，忘卻世間憂愁，
就像一首貝多芬交響樂團的演奏，
就像一首無詞但歡樂愉快的歡唱⋯⋯

這時神奇的極光把遊客的目光，
驚奇的緊緊地吸住而不放下來，
因此產生極光與心靈的相遇，
因此產生極光與心靈的接觸，
因此產生極光與心靈的撞擊，
然而形成了會思想──神奇的極光。

註：這首現代詩〈神奇的極光〉的創作，是我在臺北市立天
　　文科學教育館觀賞宇宙劇場的影片，而片名是「極光、
　　馴鹿──薩米人的星空」的感想，並參考近代法國哲人巴
　　斯卡（B.Pascal），而他在「深思錄」裡留下的一句名
　　言：「人只不過是大自然中最柔弱的蘆葦，但他是會思
　　想的蘆葦。」

輯四：散文詩

71.與死神在拔河──被火吻身的人

年輕的心在追夢，
夢想去尋找人間的樂園──八仙樂園，
如電影《玩命關頭》既驚險又刺激，
可是主辦人玩過頭了，也在玩命。

在活動快接近尾聲時，
在八仙樂園參加「彩虹趴」的人──
Hight最高點時，此時此刻，
主辦人噴灑出五彩繽紛彩色的粉末，
而彩色粉末與未知的燃點，
引爆粉塵爆炸，
瞬間舞台出現「大火球」，
而熊熊的火球猛燒──
百人遭吻火，身上著火，
痛苦在地上打滾，哀嚎中竄逃，
哇！哇！哇！救命啊！
主辦人拿起水柱噴水──
舞池、飄飄河都是血，
滿地都是人皮的慘狀！

然而重度燒燙傷病危的人，

與死神在拔河——

不幸罹難12人，病危85人，

在加護病房117人；

北部各大醫院急診室爆滿！

燒燙傷者痛得哇哇叫！

家屬焦急感到無比的心痛！

如此悲慘的事件，誰又能感同身受？

換藥時，如刀割、如針刺，如毒蛇咬……

被火吻身的人筆墨難以形容的痛苦！

72.和平號

全世界有滿多的人夢想去環球旅遊，
只是每個人的經濟的條件有所不同，
而有能力來完成世界環球旅遊的人，
在經濟上至少是有工作的人，
才有能力完成世界環球旅遊。

然而，在還沒有去世界環球旅遊之前，
藉由網路的搜尋世界環球旅遊的遊輪——
經由比較而許多人選擇了海洋之夢號，
這時海洋之夢號載著滿多人的夢想，
然後搭乘海洋之夢號環遊地球一周——
經過一個北極光、兩大運河、
三個氣候帶、四個大海洋、
九個名海、十大奇景等，
共造訪 21 個國家，24 個港口——
到世界各國的風景區環球旅遊。

海洋之夢號就是和平號，
和平號是一艘推動和平的遊輪，
和平號是一艘推動人權的遊輪，
和平號是一艘推動平等的遊輪，
和平號是一艘日本國際非政府組織的遊輪，
和平號是一艘國際廢除核武的遊輪（ICAN），
和平號在二〇一七年榮獲諾貝爾和平獎，
和平號是一艘與聯合國可持續發展的目標——
尊重環境、世界的領導人聯手完成保護地球、
消滅貧窮等 17 項目標及鼓勵環保旅遊的遊輪。

然而，搭飛機有廉價航空，
其實以世界環球旅遊來說，
和平號就是廉價的遊輪——
信與不信可經由你的比較就知道，
即便和平號沒有像其它的遊輪那麼奢侈豪華，
也吸引了越來越多的年輕人、退休族及老人，
搭乘和平號來完成他們世界環球旅遊的夢想。

73.臺北戲棚

臺北戲棚廣納京劇、布袋戲、
民俗技藝、原住民歌舞等中華傳統藝術，
而由臺北新劇團等國內優秀表演的團隊，
輪流上台演出。

一張張深刻的勾勒出彩繪各種人物造型的臉，
譬如，以中華傳統的京劇來說，
如八仙過海、白蛇傳、西遊記……
而人物造型有：唐三藏、孫悟空、
豬八戒、沙悟淨、金錢豹、李鐵拐……

臺灣的原住民熱情唱著、跳著，
原住民的歌舞且邀請現場的觀眾，
一起手牽手、心連心唱著、跳著，
熱情且渾然忘我的原住民的歌舞。

精湛的中華技藝，
譬如一張張臉在純熟的技藝，
變換著一張張不同造型的臉，
讓觀眾盡情的鼓掌而令人陶醉──
在快速變臉表演者的動作的臉上。

還有以一個個的椅子，
好像疊羅漢而疊得越高，
而在椅子上表演倒立──
高難度的表演動作，
這時觀眾屏息一口氣，
為表演者捏一把冷汗，
等表演者表演結束後，
觀眾的掌聲隨之響亮起來。

還有表演者把碗不斷的旋轉，

緊接著他把碗放在──

一根細細長長的桿子上面，

緊接著桿子上面不斷的旋轉著碗，

這時一根根細細長長的桿子上面，

累計有越來越多的碗在桿子上面旋轉，

可是旋轉一陣子碗就要掉下來，

這時表演者繼續努力搖著桿子，

就這樣碗繼續旋轉，

等表演結束的時候，

碗才掉進表演者的手裡，

讓觀眾頗有逗趣的感受。

74.觀賞長毛象特展的感想

看起來巨大而彎曲的長毛象牙——
沉睡一萬八千年的冰原巨獸，
就像一扇通往太古時代的超時空大門，
如長毛象尤卡基爾、歐米亞空……
好像打開地球塵封數萬年的冷凍庫，
栩栩如生地從時光膠囊中甦醒，
而現代人來觀賞長毛象的特展，
就像打開太古時代的任意門，
跨越時空回到長毛象的時代，
現代人則躲在長毛象的特展，
這時此處好像變成了漂浮在——
海洋的人工島，為什麼？
然而二十一世紀資訊、知識，
好像滾滾的洪水已氾濫成災。

這時我站在海洋的人工島上，
看著洪水淹沒了憂傷的心靈，
也看著現代人隨波逐流——
生活在科技化的社會，
生活在專業化的社會，
生活在電腦化的社會……

然而有專業的現代人，
好像漂浮在人工島上，
靠著自己的專業生活；
沒有專業的現代人，
只能泛著小船，
與大海過生活。

75.文學的迷宮

文學好像一座無形的迷宮，
就這樣每一本文學的書籍，
作者的序就像是文學迷宮的入口，
就這樣讀者順著作者的字裡行間，
彷彿走進了一座無形文學的迷宮。

即使台灣有滿多的文學家、作家、詩人及作者，
總是喜歡描寫現實的現象及在現實裡打轉，
也在文學的迷宮裡轉不出來。

即使台灣有滿多的文學家、作家、詩人及作者，
也欠缺哲學的思想及獨到的見解，
因此他們迷失在文學的迷宮裡，
就這樣他們走不出文學的迷宮，
而他們卻像是鄉原的互相討好，
就這樣在台灣文學的重鎮裡，
即便一百多年來台灣的作家沒有獲得諾貝爾文學獎，
也就是台灣的文學家及作家卻吃不到葡萄說葡萄酸，
他們卻請了「中國的女婿」，馬悅然教授，

然而，他的評論：諾貝爾文學獎──
只不過是瑞典皇家十八位評審委員（院士），
而他認為諾貝爾文學獎不是世界文學獎。

然而，中國時報文學獎、梁實秋文學獎……
難道就是世界文學獎嗎？令我感慨萬千……
然而，台灣有滿多的文學家、作家、詩人及作者，
已迷失在文學的迷宮裡，
而且走不出文學的迷宮……

76.太空新的里程碑——人類從地球移民到火星

人類因有夢想而偉大，
因此發明了飛上天空的飛行器，
如熱氣球、飛翔翼、飛機、太空梭……
因此到現在發明最新曲速引擎尖端科技，
因此 Space Next 記錄著人類飛翔的渴望，
因此人類追尋浩瀚宇宙星際旅行的夢想，
然而從古至今歷經了太空競賽的時代，
美國太空人首次由阿姆斯壯登月成功，
而那時他從月球傳到地球的話，他說：
「我的一小步就是人類的一大步。」

然而一直到 NASA 的太空計畫，
我們也得知科技發展日新月異，
載人太空船在不久的未來也可能被實現，
火星移民也並非遙不可及的夢想。

然而現在的政府與民間開始在太空科技上，
有更多的合作，因此隨著這波科技的熱潮，
而雙方共同發明了更多的發射平台，
與進行太空膠囊試驗，因此不久後，
太空人就可以經由不同的發射基地，
前往地球的軌道、太空站。

然而首站星際之旅就是移民火星，
因此成為人類追求星際之旅新的里程碑，
也更進一步前往太陽系以外的遙遠星系，
也更進一步去尋找外太空人類的適居地，
也更進一步去尋覓外太空存在的外星人，
也更進一步去探索人類存在宇宙的意義……

註：這首〈太空新的里程碑〉現代詩的創作，是我在臺北市
　　立天文科學教育館的宇宙劇場觀賞「太空新紀元」的感
　　想，並參考由臺北市立天文科學教育館印製發行的簡
　　介。

77.問政治是什麼？

問政治是什麼？
希臘哲學家亞里斯多德這樣回答：
人類是唯一政治之動物。同理，
人類是唯一法律之動物，
人類是唯一消費之動物，
人類是唯一會自殺的動物……
除非有外星人（ET）的存在？

問政治是什麼？
國父 孫中山先生這樣回答：
治是管理，政是眾人之事，
因此管理眾人之事便是政治。

問政治是什麼？
自有人類以來，才有政治的誕生——
政治從誕生期至因襲期至轉變期，
然而，進入現代化的社會——
如今，網路資訊後現代化的社會，
政治已從成熟期變成氾濫的政治——
政治分贓、政治抗議、政治衝突……
政治的亂象，造成人心的亂象，
更造成臺灣社會、國家的亂象，
乃至全世界國與國之間的亂象。

78.問命運是什麼？

問命運是什麼？
就在我問命運的同時，
命運好像餓昏頭的大蟒蛇，
最後把自己給吞噬了。

命運好像航行在大海的一艘小船，
我就與波濤洶湧的命運展開搏鬥——
命中註定？宿命論？人生的際遇？
即使有人遇貴人的相助，就這樣走向幸福的命運，
卻也有人遇人不淑，從此走向悲慘、不幸的命運。

即使人類共同的命運，也因北韓的領袖金正恩一發瘋？
導致全世界失控的核子戰爭，人類就走向滅亡的命運？
還是人類發明了尖端的科技，移民火星為新的里程碑？

即使在對立的價值──善與惡，美與醜，生與死，

也沒有死亡、沒有疾病、沒有災難及沒有束縛，

也就沒有自由，也沒有限制，也完全沒有命運。

假如沒有死亡的限制，

生命只是蒼白的陰影，

即便人類因有命運的局限，

也才能凸顯自由及生命的可貴。

註：北韓的領袖金正恩已開放和平之旅，但全世界面臨核子
　　武器的威脅依舊沒有解除。這首〈問命運是什麼？〉散
　　文詩的創作，我參考存在主義心理分析大師羅洛・梅
　　（Rollo May）的著作《自由與命運》譯者：龔卓軍、石
　　世明；導讀：傅佩榮、林耀盛，也就是我閱讀本書的感
　　想，而且以現代詩的形式來呈現現代詩的風格。

79.問時間是什麼？

問時間是什麼？
就在我問時間的同時，
時間一分一秒的消逝；
我把時間當作一條河流，
我就坐在河畔旁，
看著時間就像河流般的流逝。

即使科學家用精密的儀器來測量時間，
他卻測量那不可量，也不能量的時間；
即使哲學家、文學家及詩人，
以比喻的文字來形容時間，
時間也依舊不留情的消逝；
即使書海中的經典作品，
也要通過時間的考驗後，
才能在人類的歷史留存；

即使時間一點一滴的吞噬歷史，
也像日出日落無聲無息不留情；
即使時間具有毀滅的力量，
時間也是最好的醫生；
即使在大的創傷都會隨著時間，
也逐漸由淡化走向淡定的人生。

80.問幸福是什麼？

問幸福是什麼？
西諺有云這樣回答：
「手上一隻鳥，勝過樹上兩隻鳥。」

問幸福是什麼？
紀元前三百年的斯多亞學派這樣回答：
「幸福在於人的品德。」

問幸福是什麼？
根據尚書「洪範九疇」，其中第九疇這樣回答：
「壽、富、康寧、攸好德、考終命。」

問幸福是什麼？
台大哲學系傅佩榮教授，
他認為幸福是一種心靈狀態，
是一個人對於內在自我的肯定與滿意。
即使幸福是一種心靈狀態，
但不可忽略外在的條件，也誠如俗話說：
「錢不是萬能的，沒有錢萬萬不能。」

問幸福是什麼？
流浪外宿街頭沒有棲身之地的街友，
躺在加護病房重症的病患，
犯罪被關在監獄的受刑人，
在非洲挨餓，瘦如柴骨的災民……
如果你看見這一幕幕悲慘的事件，
就會發現自己目前所擁有的一切，
讓自己覺得滿幸福的感覺。

81.問宗教是什麼？

問宗教是什麼？

在拉丁語系中這樣回答：

「宗教」（Religion）一詞有多重含意，

其中這個詞有另一個意思，就是「綑綁」，

在我看來把人綑綁起來實在很難聽，

但宗教就是把你給綑綁起來，

讓你在分散的時間和空間裡，

譬如基督徒禮拜天去教堂做禮拜，

就是藉由耶穌基督的寶血——

洗刷原罪把自己給綑綁起來。

問宗教是什麼？

台大哲學系傅佩榮教授對宗教的見解，

而他這樣回答宗教的四個條件：

「教義、儀式、規範及合理表達。」

問宗教是什麼？
社會學家涂爾幹這樣回答：
「宗教是社會的工具。」
也就是社會為了鞏固社會的團結，
人就發明宗教以上帝來約束個人。

問宗教是什麼？
心理學之父弗洛依德這樣回答：
「宗教只不過是人類心理上的拐杖。」
因此當你生病、老了需要——
心理上宗教的拐杖來幫助你。

問宗教是什麼？
馬克思主義這樣回答：
「宗教是人類的鴉片。」
讓你聽起來覺得不可思議，
而宗教居然是人類的鴉片。

問宗教是什麼？
《聖經》的經文，有耶穌死而復活，
事實上，人死不能復活是沒有例外，
因此《聖經》是過去許多的西方人——
寫的「神話故事」。

問宗教是什麼？
在佛教的教義，有業障、六道輪迴、
萬物本無自性，一切是因緣和合而生……
事實上從宇宙的大爆炸，乃至宇宙的萬物，
每一次都是唯一的一次，根本就沒有輪迴，
然而以輪迴來解釋生前死後，
因此使人產生對輪迴的恐懼，
而且以輪迴強迫人去信佛教。

問宗教是什麼？
在今日網路資訊後現代化的社會，
因此有越來越多的後現代人在尋找——
心靈的避風港，就是宗教的避風港，

然而有許多新興宗教的教主卻在利用宗教，
譬如宋×力、妙×等等利用宗教在詐騙財色，
也就是有越來越多的後現代人在尋找——
宗教的避風港，最後卻淪為宗教的受害者，
也就是有越來越多的後現代人在利用宗教在賺錢，
而在《聖經》的經文是把人的起源以原罪來論斷，
以及佛教是以業障來論斷，這樣就是人性本惡嗎？
因此我不相信人性本惡與人性本善？
我相信人的本性是向善的——人性向善。

問宗教是什麼？
不見得每個人都有宗教信仰，
如猶太教、天主教、基督教、佛教、回教、
印度教、東正教、錫克教、巴哈教、道教……
但每個人一定要選擇睡覺。

82.鵝鑾鼻燈塔──人生需要幾座燈塔？

鵝鑾鼻公園的標誌是鵝鑾鼻燈塔，
而位於臺灣最南端的鵝鑾鼻燈塔，
有東亞之光的美譽，而「鵝鑾」二字，
乃是排灣族的土語，有「帆船」之意。

鵝鑾鼻燈塔是世界少有的武裝燈塔，
鵝鑾鼻燈塔早已被列入史蹟的保存，
鵝鑾鼻燈塔在夜裡照著黑暗的海面，
鵝鑾鼻燈塔在夜裡照著迷航的船隻，
鵝鑾鼻燈塔在指引人生前進的方向。

然而，人生需要幾座燈塔？
資訊？知識？藝術？宗教？
其實資訊、知識、藝術及宗教都已氾濫，
也就是這些都不能當作人生的燈塔。

然而，我尋覓人生需要幾座的燈塔？
而在網路資訊後現代化的今日社會，
僅從唱歌、聽音樂、看電影及寫文章──
哲學好像人生的一座燈塔，
因此以哲學來指引和引導，
來紓解自己心靈的創傷，
以及來紓解自己的憂鬱，
因此這些好像都是解憂的歌曲，
因此一首接一首我自己清唱著：
《你怎麼說》、《甜蜜蜜》、
《千言萬語》、《心聲淚痕》……

然而，從歌曲的歌詞、音符、節拍中，
我漸漸在治療心靈的創傷，
我也隨著時間的一點一滴，
也從淡化走向淡定的人生。

83.行為的變態與心靈的變態——AI 人工智慧的延伸

自從有人提出後自然的環境生態後，
一日又一日地球的汙染越來越嚴重，
然而後自然的環境形成了後現代人，
因此青少年的流行語：「變態」，
而他們所指的是「行為的變態」，
然而我所指的後現代人的心靈——
嚴重的突變，稱之為「心靈的變態」。

然而，後現代化網路資訊的社會，
交通都很便捷，地球好像地球村，
但在便捷的背後卻隱藏著詐騙集團及詐騙犯，
因此各種千變萬化詐騙、詐欺、吸金的手法，
因此他們利用社會的各種資源及心靈的變態，
如S×Y、N×I……網路拆分盤公司——
利用變質的多層次傳銷（俗稱老鼠會），
利用手機的網路拆分盤的交易平台，
利用投資的名義假投資真詐財，
利用人性喜歡賺錢不喜歡繳稅，

利用公開的說明會，
利用聾啞的弱勢團體，
利用基督宗教——
大×豪神的恩典團隊……

然而，最可怕的最可惡的是，
每一家網路拆分盤公司的詐騙犯，
以及每一家公司網路拆分盤的團隊，
也就是最前面那幾位詐騙犯，
利用法律講求證據，
因此沒有與受害者簽下——
任何書面的契約書，
因此在法律講求證據的情況下，
根本每一家網路拆分盤公司的詐騙犯，
以及每一家公司網路拆分盤的團隊，
也就是最前面那幾位詐騙犯，
可以逍遙法外，高枕無憂——
國家何必調查人員、警察、檢察官及法官，
也就是國家還要付薪水來供養這些×蟲嗎？

然而，在臺北市孔廟的孔子學堂裡面，
有一個液晶螢幕而在此螢幕上，
有顯示一個主題——
當現代的老師遇上了古代的孔子，
其實現代的老師不可能遇上古代的孔子，
為什麼？
事實每個人要面對生與死是沒有例外的，
事實上，人死不能復活也是沒有例外的，
因此 2019 年 9 月 28 日的祭孔大典——
慎終追遠緬懷 2569 年的至聖先師孔子。

然而，現代的老師與古代的孔子，
能為學生和學習者「因材施教」，
早就不一樣了，因此有人說：
現代的老師根本無法「因材施教」，
而是「因財施教」，甚至有人說：
「因為發財而施教。」

然而，我預測大概 2050 年現代的老師——
會被智慧型機器人所取代——
我把此機器人取名，稱之為「知識販賣機」。
以此類推——
檢察官會被智慧型偵查機器人所取代，
法官會被智慧型審判機器人所取代，
警察會被智慧型機器戰警所取代，
醫師會被智慧型診斷機器人所取代……

84.撞擊

然而，地球南極北極的極光是怎樣形成的？
太陽噴發出來的太陽風是帶電的粒子，
接著有一些帶電的粒子的太陽風撞擊——
地球大氣電離層中的氧、氫及氮——
地球周圍造成一種大規模放電的現象，
因此產生了神奇的極光。

然而，月亮是怎麼形成的？
根據一九七〇年所提出的撞擊說，
最能符合阿波羅計畫探測的結果，
也就是在四十五億年前，
一顆大如約火星的行星，
撞擊惡劣的的原行星——地球，
就這樣碎片四處的飛散……
然後逐漸熔融形成月球。

然而，人海茫茫的社會，
掀起了現實的巨浪，
而猛撞擊我的心靈，
因此造成心靈嚴重的創傷，
也造成心靈把隱而不顯的精神疾病（心病），
從隱而不顯變成了顯然的精神疾病。

然而，我的精神疾病主要有外在的三大撞擊——
第一次撞擊，臺北榮傷總醫院傷殘重建中心，
而在多年前早已正名為身障重建中心，
但該中心在 83 年 1 月以精簡人員把我裁員，
後來我發現該中心到 92 年 2 月才精簡人員，
也就是以精簡人員的時間來說，
對我是受害者而言非常不公平，
而這次嚴重的撞擊不但造成我再次失業，
也造成我的精神疾病的病發。

第二次撞擊——

從事良心事業的工作者不但沒有對我「因材施教」，

反而我被號×出版社的陳×磻先生，

而當時他在耕莘寫作班教編輯時，

後來我發現他惡意對我設計：

「寫書是現代人的身分證。」的陷阱，

因此造成我的心靈嚴重的撞擊和創傷，

也造成我的精神疾病的病發。

第三次撞擊——

以前曾有人說：「臺灣的性教育失敗。」

舉我個人的例子來說，

譬如國中階段教《健康教育》的女性教職員，

後來我發現她對性不好意思教，

於是她叫我們回去自己閱讀，

而我當時對性都過度的幻想，

也完全不知道要戴保險套是，

預防愛滋病重要的措施之一，

因此造成我對愛滋病的恐慌，

也造成我的精神疾病的病發。

85.讓讀者看不懂的讀不懂的叫做現代詩

讓讀者看不懂的讀不懂的叫做現代詩，
即使台灣少許的文學家、作家、詩人及作者，
他們所寫的現代詩，讓讀者看的懂也讀的懂，
但有越來越多現代詩的作品，
讓讀者看不懂也讀不懂。

讓讀者看不懂的讀不懂的叫做現代詩，
即使以前我與台灣某報的編輯分享並請教——
什麼是現代詩？
於是我把自己寫的散文詩，
而詩名是〈問政治是什麼？〉
與他分享並請教後，
他卻這樣回答我說：
「我寫的現代詩所含詩的成分很少。」

讓讀者看不懂的讀不懂的叫做現代詩，
即使以前我以為台灣的詩魔只有一位——瘂弦，
然而我又發現，《新北市藝遊》裡面有刊載，
一代洛夫，永遠的詩魔——洛夫紀念特展——
請問台灣的詩魔到底有幾位？

詩的種子
——現代詩與古典詩之間的鴻溝

為何會被評論家尊稱為詩魔？
然而，台灣的詩魔寫的現代詩，
好像《哈利波特》的魔法學校，
因此他們在現代詩的語言、文字的世界裡變魔法術，
因此變來變去讓讀者看不懂的讀不懂的叫做現代詩。

讓讀者看不懂的讀不懂的叫做現代詩，
即使我寫的現代詩至少讓讀者看的懂也讀的懂，
只是我寫的批評到台灣的文學家、作家、詩人及編輯，
因此他們已經對我有所偏見，
我也變成台灣文學的黑名單，
以及台灣文學獎的黑名單，
因此與電影的經典名片《辛德勒的名單》——
在名單之內可存活下來，
在名單之外則難逃納粹德軍的屠殺，
而殺人魔希特勒屠殺六百萬猶太人，
因此台灣文學的黑名單與《辛德勒的名單》，
讓我覺得就是人性本惡嗎？
但我還是不相信人性本惡與人性本善？
我則堅持相信人的本性是向善的——人性向善。

然而，什麼是現代詩？什麼是散文詩？

什麼是散文？事實原本就有滿多的爭論？

因為現代詩沒有任何平仄、押韻、字數等規定，

所以不像古典詩有絕句、律詩等的限制和規定，

也就是只要你喜歡都可以自由發揮來寫現代詩，

只是台灣評審現代詩的文學家、作家、詩人及編輯，

而他們利用專業的權威來界定什麼是現代詩？

然而，台灣的文學家、作家、詩人及作者，

他們寫的有越來越多的現代詩作品，

讓讀者看不懂也讀不懂，

也就是讓讀者看不懂的讀不懂的叫做現代詩。

註：因為版面的限制，所以必須以註來呈現這首散文詩的完
　　整性——只是我寫的批評到台灣的文學家、作家、詩人、
　　編輯、學者及文學獎的評審委員；只是台灣評審現代詩
　　的文學家、作家、詩人、編輯、學者及文學獎的評審委
　　員。

86.台灣的詩魔與哈利波特──詩魔與心魔

然而，有人過度崇拜台灣的詩人──瘂弦，
因此他把瘂弦稱之為「詩魔」，
就這樣他以某報編輯的身分去訪問瘂弦，
於是，我聽了他這麼說，
後來我發現台灣的詩魔──瘂弦，
有如《哈利波特》這部電影，
而劇中的魔法學校──神奇的魔法術，
因此他把寫現代詩當成在變魔法術，
然後，他在文字的世界裡變來變去，
讓讀者迷失在現代詩的迷宮，
讓讀者走不出現代詩的迷宮，
讓讀者以為現代詩就是在變魔法術。

然而，台灣有滿多現代詩的作品，
以超過三十行長句現代詩來說，
有如《哈利波特》的魔法學校──
在字裡行間變魔法術，
讓讀者讀不懂現代詩的意涵；

以十行以內短句現代詩來說，

讓讀者難以理解和感受——

作者寫現代詩的意境和情境，

而且台灣有滿多寫現代詩的文學家、作家、詩人及作者，

誠如中國的至聖先師孔子，子曰：「鄉原，德之賊也。」

然而，台灣的詩魔變成了心魔，

為什麼？一切的創作源自於人的心靈，。

這就是他的心走火入魔才會變成詩魔。

註：然而，在網路資訊後現代化的今日社會，事實知識和資
　　訊都已氾濫，也就是這首散文詩所指的「讀者」，不是
　　受到知識和資訊影響的讀者，而是有理性的讀者且能反
　　抗權威的讀者。西方有一位哲學家說：「群眾的年齡只
　　有十三歲。」在我看來台灣文學獎的評審委員、台灣文
　　學館文學獎的評審委員、國家藝術基金會文學創作、文
　　學出版的評審委員，以及台灣有滿多的文學家、作家、
　　詩人、編輯、學者等，誠如中國的至聖先師孔子，子
　　曰：「鄉原，德之賊也。」（《論語·陽貨篇第十七·
　　立緒版》）作者的〈白話〉翻譯：「不分是非的好好先
　　生，正是敗壞道德風氣的小人。」（譯文參考立緒版
　　《論語》）從這句中國的至聖先師孔子的話來看，所謂
　　的「鄉原」，就是「好好先生」，而如今也可以說：
　　「好好小姐」、「好好女士」等，也就是台灣有滿多寫
　　現代詩的文學家、作家、詩人及作者，讓讀者讀不懂現
　　代詩的意涵，也讓讀者難以理解和感受作者寫現代詩的
　　意境和情境，因此他們在現代詩的世界裡，有如鄉原般
　　互相的討好。

87.觀賞世大運舉重比賽的感想

當我觀賞世大運舉重選手時——
比賽時間：2017年8月19日至2017年8月30日，
然而我發現寫作好像在舉重，
為什麼？
舉重選手舉起了多少公斤的重量？
平常則訓練自己多少小時的體能？
才有如此出類拔萃的成績。

然而寫作必須經由作者的運思——
經由心靈的壓縮、鍛鍊及錘鍊，
因此寫作基礎打得越深厚的人，
越能把思想舉起來並寫成書籍。

然而任何技術、技藝、藝術及創作，
都有基本的功夫，離開基本的功夫，
還沒有訓練自己蹲好馬步和體能，
就貿然去舉重將會傷害自己的身心。

然而寫作的基本功夫是什麼？
先閱讀經典的文學和哲學書籍開始，
因此吸收作者思想的精華，
再經由自己的咀嚼消化後，
才能開始寫文章。

然而二十幾年前起初我只適合寫信，
因此寫信至寫作有一段很長的距離，
而寫作至寫書更是一段更長的距離，
也就是建造一座泰姬瑪哈陵需要花費22年的時光，
可是我要建造一棟思想的大廈卻超過22年的歲月——
起初完成的作品《與生命共舞》，
因為根本沒有寫作的基礎，
所以我把它打掉重新再來，
而在2018年5月我終於出版——
《散散步，欣賞啊！》——尋找過去的記憶，
也就是我被陳×磻先生不但沒有對我「因材施教」，
反而他惡意對我設計：「寫書是現代人的身分證。」
後來我才發現，我的心靈遭受到嚴重的撞擊和創傷。

然而舉重選手入場，輕而易舉贏得觀眾的掌聲，
就在這時舉重選手站穩了腳步抓穩了舉重桿子，
屏息的吸一口氣，一股作氣，用力舉起了，
一百四十六公斤的重量，彷彿舉起了全世界——
破了大會，也破了自己保持的世大運的記錄，
即便舉重選手，可以舉起了超出自己的重量，
卻無法用自己雙手，把憂傷輕而易舉的舉起。

88.2015 年臺北花博元宵燈會

沉默不語的夜，像羊的毛，
那麼柔軟，那麼溫暖，那麼貼心，
而整隻羊黏上金箔紙放在燈座上端，
釋放出閃閃發亮的光線，
這時羊的嘴巴發出咩！咩！咩！的叫聲，
就在此時羊張開了明亮的眼睛，
而且閃爍耀眼的燈光和霧狀乾冰的特效，
舞動那絢麗的色彩——匯聚成一幅羊年吉祥圖，
吸引著人來此欣賞2015年臺北花博元宵燈會。

密密如織的人潮，萬頭鑽動地從花博公園擠到舞蝶館，
就在原民風味館前，而用紙做成的「天壇」的象徵物；
中山北路，沿路有行道樹上纏繞著五彩繽紛的燈光，
張燈結彩的燈籠，掛在樹木、松柏及皁上顯得耀眼，
就在此時有北京文化特色——北京皮影戲、北京的風車……
來自北京文化廟會的表演——特技、相聲、北京的聲樂……

輯四：散文詩

然而，一盞一盞各種造型的燈籠點著如詩如夢的燈光，

參賽者則用竹子削成的再把竹子彎成各種造型的燈籠，

外表則黏上不同的材質——長頸鹿、馬、羊、牛、老虎……

即便有數不清LED燈所做成的燈牆，

燈光也隨風搖曳像月光般地流瀉，

而當我舉頭望明月時，

明月從無情好像變成了有情，與我的心互相輝映，

而且各種造型的燈籠是參賽者巧思巧手的作品，

讓遊客可盡情的欣賞2015年臺北花博元宵燈會。

89.愛滋病（AIDS）

愛滋病魔，伸出了可怕的魔爪，
從男女性交或從打針中，滲入了人體的血液裡，
隨著血液的新陳代謝，破壞了身體的免疫系統——
愛滋病吞噬了免疫力，就此染上了愛滋病的人，
當愛滋病毒直到遍布全身後，漸漸地走向死亡，
即便現代的醫學發達，已研發克制愛滋病的藥，
但為了保護自己性的安全，
免於愛滋病毒的侵襲及愛滋病的恐慌，
男女在做愛時須帶保險套來性交，
是預防護愛滋病的第一層保護。

性對於現代的男歡女愛，彼此因愛滋病造成了恐懼，
不像過去一樣，自由自在享受著男女性的魚水之歡——
根據世界衛生組織（WHO）的研究，
二十一世紀最可怕的三種疾病是，
第一，癌症；第二，愛滋病；第三，憂鬱症。

90.真理與道理

真理，你說的是什麼？
我的心中，滿是疑問——
耶穌死而復活、生死輪迴……
然而，事實上人死不能復活是沒有例外的，
事實上從宇宙的大爆炸，乃至宇宙的萬物，
每一次都是唯一的一次，根本就沒有輪迴。

然而，翻開西方的《聖經》，有：
「信耶穌得永生。」的經文，
同理「信耶穌見閻×王。」
在我看來事實上人的限制非常大，
事實沒有人知道死後是什麼世界，
因此全世界三大唯一真神的宗教，
如猶太教、基督宗教、回教（又稱為伊斯蘭教），
以及全世界的傳統宗教，乃至新興宗教的崛起，
事實上根本就在誤導人去認知宇宙萬物的假相。

然而，人類最大的悲哀，其實就是戰爭，
而人類第二大悲哀，就是人類發明的宗教，
因此自古以來宗教就沒有帶給人類——
真正的和平，反而全世界三大一神教——
獨斷的教義宣稱，自己的宗教是唯一真神，
因此我們信的是唯一真神，
於是信其他宗教的人，
覺得難道我信的就是假的嗎？
因此自有人類發明宗教以來，
就有發生宗教戰爭，
如天主教的教主馬丁路德的十字軍東征、
美國的911恐怖事件——飛機撞大廈……
其實就是基督教與回教的戰爭。

然而，道理，你回答的是什麼？
因此不見得每個人都會選擇宗教信仰，
如猶太教、基督教、佛教……
但每個人一定會選擇睡覺，
然而全世界的宗教的教義都不是唯一真神，

事實上都在誤導人去認知宇宙萬物的假相，
因此我勸全世界有信宗教的人回家睡覺，
因此全世界的人類才能獲得真正的和平，
因此祛除宗教的假相才能讓人去相信——
宇宙萬物，乃至人類都是受造物，
因此從無生命至有生命，
因此從最低的阿米巴蟲至有心靈的人類，
因此從宇宙萬物，乃至人類最終都要滅亡——
人類絕對沒有能力去創造宇宙萬物，
宇宙萬物也絕對不可能自己形成的，
因此從宇宙萬物，乃至人類的生命，
都必須有形成的條件與因素，
才能形成時間與空間，乃至宇宙萬物。

然而，不論你相信——有神論，
或者你相信——無神論，
從宇宙萬物，乃至人類的存在，有：
創造宇宙萬物完美（永恆）的基礎——

沒有出生，也沒有死亡；

沒有開始，也沒有結束。

永恆存在，因此信與不信由你？

註：這首散文詩〈真理與道理〉的創作，我盡量以思想來鋪
　　成這首散文詩，但我並沒有離開以寫現代詩的形式來完
　　成這首散文詩。因為人的限制非常大，如耶穌、釋迦牟
　　尼（佛陀）、孔子、蘇格拉底等，所以後來被西方的哲
　　學家雅士培（Karl Jaspers）尊稱為「人類的四大聖
　　者」，但台語有一句俚語說得好：「平平都是人。」從
　　這句台語的俚語來看，事實聖人也是人，事實每個人都
　　要面對生與死是沒有例外的，事實人死不能復活也是沒
　　有例外的，譬如，基督徒說：「耶穌不是從身體復活，
　　而是從精神、靈魂、上帝復活。」事實上，不論從身
　　體、精神、靈魂、上帝復活；事實人死而復活都是人發
　　明出來的假相，而讓人盲目去崇拜死而復活的耶穌基
　　督；事實人的身體死後，隨之精神、靈魂不知道去什麼
　　世界沒有人知道；事實人死後身體、精神、靈魂絕對不
　　可能復活，由此可知翻開西方的《聖經》，有：「耶穌

死而復活。」的經文，因此《聖經》是過去許多的西方人所寫的「神話故事」，也就是事實沒有人知道死後是什麼世界，也事實沒有人有創造的能力，譬如，無論人類的科技在怎麼先端科技，都完全無法創造一朵花、一棵樹、一枝草……，因此人類是從原本「創造宇宙萬物完美（永恆）的基礎」，所創造出來的宇宙萬物的基本元素去提煉、去改造、去發明各種科技產品和人類日常生活的物品，進而來改善人類的生活，由此可知人類無法創造宇宙萬物。

　　然而，全世界三大一神教，如猶太教、基督宗教（包含天主教、東正教、基督新教）、回教（又稱之為伊斯蘭教），也就是宗教是人發明的，只有人才有宗教而離開人就完全沒有宗教，因此在拉丁語系中的「宗教」（Religion）一詞有多重的含意，其中這個詞有另一個意思，就是「綑綁」，在我看來把人捆綁起來實在很難聽，但宗教就是把人給綑綁起來，譬如，基督徒禮拜天去教堂做禮拜，就是藉由耶穌基督的寶血洗刷原罪把自己綑綁起來，以此類推信耶穌得永生、信耶穌見閻×王、佛教的生死輪迴……，其實宗教的教義都是人發明

的，但人的限制非常大，如基督宗教的教主——耶穌、佛教的教主——釋迦牟尼、回教的教主——穆罕莫德……，乃至全世界的宗教的教主根本無法體現創造宇宙萬物完美（永恆）的基礎，簡單來說，「創造宇宙萬物完美（永恆）的基礎」，就是「沒有出生，也沒有死亡。」「沒有開始，也沒有結束。」永恆存在，也就是宇宙萬物，乃至人類的生命都是不完美的而最終都要滅亡。

接著，全世界的三大一神教都宣稱自己的宗教是「唯一真神」，其實全世界的宗教不論是傳統宗教，乃至新興宗教的崛起都完全在誤導人去認知宇宙萬物的假相，而且宗教自行命名的，譬如，基督宗教的耶和華、耶穌、聖母瑪利亞、上帝、佛教的一真法界、涅槃、回教的阿拉真神、印度教的梵、大梵天……，都完全不能創造宇宙萬物，也不能體現創造宇宙萬物完美（永恆）的基礎，由此可知不論你相信「有神論」，或者你相信「無神論」，都必須相信生命是從哪裡來的？要往哪去？有：「創造宇宙萬物完美（永恆）的基礎。」從創造宇宙萬物完美（永恆）的基礎來看，當時中國的三軍統帥蔣中正先生，他本身就是信仰基督教的基督徒，然

而他卻以耶穌説：「愛你的敵人」、《聖經》寬恕等語，也就是他在一九四三年第二次世界大戰同盟國的「開羅會議」，然後他在一九四五年以德報怨寬恕了日軍殘無仁道瘋狂屠殺手無寸鐵的中國老百姓，他也以「無條件投降」寬恕了日本的天皇派日軍血腥屠殺千千萬萬中國的老百姓；當時日本至少割一半的土地和賠償一半的財產給戰後的中國，事實是合情、合理，但當時的蔣中正先生是信仰基督教的基督徒，他卻以信仰基督教的基督徒而發揮了「耶穌的大愛」，來寬恕日軍殘無仁道血腥屠殺中國老百姓的惡行，由此可知依據中華民國憲法規定：「人民有言論、著作、講學及出版之自由。」從這條憲法的規定來看，我在此提醒狂熱的宗教徒，不可利用宗教的權威來壓迫憲法賦予的——人民有言論自由、著作自由、講學自由及出版之自由。

後記

起初我寫的現代詩不論短的現代詩，或是長的現代詩，我都一氣呵成沒有分段落，後來我閱讀西方現代詩的作品與台灣現代詩的作品，而作者屬於較長的現代詩幾乎都以段落來隔開；我把自己陸陸續續寫成的現代詩，不論是現代詩或散文詩，而屬於較長的現代詩或散文詩，我幾乎都以段落來隔開。本詩集中有所謂的「現代人」，而現代人是指十八世紀中期至二十世紀初的工業革命所形成的現代化的社會，因此稱之為「現代人」；本詩集中有所謂的「後現代人」，而後現代人是指二十世紀末進入二十一世紀網路資訊後現代化的今日社會，也就是早已有人提出後自然的生態環境，因此稱之為「後現代人」，由此可知本詩集中都有採用「現代人」，或是「後現代人」，由此我作個說明。

然而，這是台灣社會教育的醜聞，也就是根據幾個月前在台北市立天文科學教育館，而館內的一樓為了慶祝登陸月球五十周年及台灣與美國發射衛星的共同合作，因此有展示「月球究竟是如何形成？」的彩繪看板上以文字來說明，而進一步從這樣的展示來看，根據美國阿波羅計畫，關於月球的起源，有：「分裂說」、「孿生說」、「捕獲說」、「撞擊說」等四種理論，其中以一九七〇時代所提出的「撞擊說」，最能符合阿波羅計畫的探測結果，由此可知我的人生也經過外在三次嚴重的撞擊，才導致罹患精神疾病（心病），其中在我的人生中的第二次撞擊，從以前台灣的九年國民義務教育，以及台灣社會教育沒有哪一個從事良心的工

作者對我「因材施教」；二十幾年前在台北市耕莘寫作班教報導文學及編輯的號×出版社的負責人陳×礎先生不但沒有對我「因材施教」，後來我發現他惡意對我設計：「寫書是現代人的身分證。」的陷阱，因此造成我的心靈遭受到嚴重的撞擊和創傷，以及台灣某大學傅×榮教授同樣沒有對我「因材施教」，來避開我的心靈遭受到嚴重撞擊和創傷，也造成精神疾病的病發主要的原因之一。

　　接著，後來我選擇避開在網路資訊後現代化的今日社會——不是法律多如牛毛，而是法律比牛毛還要多，也誠如幾年前我有去法律諮詢，而律師對我說：「現代的法律是在保護壞人，懲罰壞人。」從這位律師對現代的法律觀點來看，當時我還在懷疑法律怎麼在保護壞人呢？但我歷經了人生的大風大雨後，才發現這位律師所講的還是有一些道理，另一方面根據中華民國憲法的規定：「人民有言論、講學、著作及出版之自由。」譬如，在本詩集〈輯一〉的這首現代詩，而二十幾年前是刊載在台北市財團法人天主教耕莘文教院的耕莘寫作班的月刊，但多年下來，我把這首現代詩分段落隔開，而詩名是〈小孩與姊姊的對話〉：

小孩好奇地說：綠色的葉子為什麼會變成紅色？
姊姊蹲下來，拾起一片楓葉，
彷彿拾起了整個秋天的景色。

姊姊對著小孩說：因為楓葉到秋天時，

會隨著思念的季節而染上色彩。

小孩張開微笑的臉龐，

躺在姊姊溫暖的懷抱，

然後，把小嘴巴貼在姊姊的耳朵輕輕說：

姊姊的臉比秋天的楓葉還要紅，

姊姊笑了，

吻著小孩圓嘟嘟的臉，

小孩安靜地睡著了。

不論台灣的文學家、作家、詩人、編輯、學者及文學獎的評審委員，對於我寫的本詩集《詩的種子》——現代詩與古典詩之間的鴻溝，由此他們採取圍攻、批評、不認同等負面的評論，也就是本詩集我自己寫的現代詩，即使我無法寫到像泰戈爾所寫的《詩集》、詩哲紀伯倫所寫的《散文詩》、赫曼‧赫塞所寫的《旅行詩》等等現代詩的水準，但我寫的現代詩至少能讓讀者看的懂也讀的懂，進而引導讀者去探索古典詩與現代詩之間的鴻溝；即使我寫的現代詩與台灣滿多的文學家、作家、詩人、編輯、學者及文學獎的評審委員所認定的現代詩可能有所不同，但相對於此，我覺得台灣有滿多的文學家、作家、詩人及作者，他們所寫的現代詩，也就是讓讀者看不懂的讀不懂的叫做現代詩，為什麼？由此我經由自己的反省，我可以坦然面對道德和良心，另一方面經由

自己不斷的修稿，把本詩集修到自己滿意為止才把本詩集交由出版社出版；即使有滿多台灣的文學家、作家、詩人、編輯、學者及文學獎的評審委員，而他們利用專業的權威來界定什麼是現代詩？但畢竟現代詩是以「白話」文學寫成的詩；即使現代詩已經完全沒有平仄、押韻、字句等限制和規則，也不拘形式，也不拘格式，可以自由發揮寫現代詩，由此可知什麼是現代詩？什麼是散文詩？什麼是散文？因此三種文體如何界定？多年下來，我發現因為現代詩與古典詩之間有一道無形的鴻溝，所以現代詩與散文之間原本就有滿多的爭論？譬如，在《泰戈爾詩集》（漢風出版）〈園丁集〉，而在第六十一首的現代詩，泰戈爾這樣寫著：

安靜吧！我的心，讓這分別的時刻成為甜蜜的。

讓它不成為死而成為完滿。

讓愛情融成回憶，而痛苦化成歌曲。

讓沖天的翱翔終之以歸巢斂翅。

讓你的手最後的接觸，溫柔如夜間的花朵。

美麗的終局啊！站住一忽兒，在緘默中說出你最後的話吧！

我向你鞠躬，而且舉起我的燈照你上路。

從另一個角度來看，現代詩只不過是比較精緻的散文，即便有滿多台灣的文學家、作家、詩人、編輯、學者及文學

獎的評審委員，而他們利用專業的權威來界定什麼是現代
詩？也誠如曾在一九五七年榮獲諾貝爾文學獎的得主卡謬
（Albert Camus）說：「我反抗，所以我們存在。」同理，
「我反抗，所以我存在。」從這句法國存在主義文學家卡謬
的思維來看，因此我反抗台灣的文學家、作家、詩人、編
輯、學者及文學獎的評審委員，而他們利用專業的權威來界
定什麼是現代詩？我反抗台灣文學獎的評審委員、台灣文學
館文學獎的評審委員及國家藝術基金會（簡稱國藝會）文學
創作、文學出版的評審委員的權威、我反抗宗教的權威、我
反抗教育的權威，我反抗醫學的權威，我反抗檢察官及法官
的權威、我反抗現代化的專家及專業人士的權威等，譬如，
在本詩集〈輯四〉的這首諷刺的散文詩，詩名是〈文學的迷
宮〉：

　　文學好像一座無形的迷宮，
　　就這樣每一本文學的書籍，
　　作者的序就像是文學迷宮的入口，
　　就這樣讀者順著作者的字裡行間，
　　彷彿走進了一座無形文學的迷宮。

　　即使台灣有滿多的文學家、作家、詩人及作者，
　　總是喜歡描寫現實的現象及在現實裡打轉，
　　也在文學的迷宮裡轉不出來。

即使台灣有滿多的文學家、作家、詩人及作者，
也欠缺哲學的思想及獨到的見解，
因此他們迷失在文學的迷宮裡，
就這樣他們走不出文學的迷宮，
而他們卻像是鄉愿的互相討好，
就這樣在台灣文學的重鎮裡，
即便一百多年來台灣的作家沒有獲得諾貝爾文學獎，
也就是台灣的文學家及作家卻吃不到葡萄說葡萄酸，
他們卻請了「中國的女婿」，馬悅然教授，
然而，他的評論：諾貝爾文學獎──
只不過是瑞典皇家十八位評審委員（院士），
而他認為諾貝爾文學獎不是世界文學獎。

然而，中國時報文學獎、梁實秋文學獎……
難道就是世界文學獎嗎？令我感慨萬千……
然而，台灣有滿多的文學家、作家、詩人及作者，
已迷失在文學的迷宮裡，
而且走不出文學的迷宮……

接著，在本詩集〈輯二〉這首現代詩，詩名是〈床〉：

床是人類睡覺的地方，
床是人類做夢的地方，

床是人類傳宗接代的地方……
然而自從人類發明了床，
人類就遠離了如毛飲血的生活，
人類就遠離了原始人在洞穴生活，
人類就遠離了原始人在樹上生活；

然而我把自己交給了床，
交給了會做夢的床，
交給了會想像的床，
交給了會思考的床，
後來我才發現，
我寫作的夢想，
我寫書的夢想，
我對文學的夢想，
好像被變態的知識怪獸，
吞噬了我的夢想，
但我還是與變態的知識怪獸，
以及知識販賣機進行搏鬥——
只要我活著的一天，
我不會放棄寫作的。

　　從這首我寫的現代詩來看，所謂的「變態的知識怪獸」，所指的是在現代化的社會，而如今已進入網路資訊後

現代化的社會，也就是二十幾年前我在台北市天主教財團法人耕莘文教院的耕莘寫作班，上了滿多的文學寫作的課程，如散文、小說、報導文學、編輯等等，幾年下來我發現台北市耕莘寫作班所聘請的作家或專業人士，如白×、平×、李×、陳×磻⋯⋯，事實沒有人對我寫的文章修稿，也就是作家會寫作但不見得會修稿，後來我發現這些作家只是在利用現代化社會的媒體來成名，事實他們並沒有修稿的能力，而他們沒有修稿的能力，怎麼可以教人寫作呢？因此他們不但「誤人子弟」，還造成我的心靈嚴重的撞擊和創傷，後來我才把自己寫好的文章拿給台灣某大學傅×榮教授幫我修稿後，我寫的文章才逐漸在用詞遣字、思想的運思，以及整篇文章通順上日有增進。

　　接著，當時在台北市耕莘寫作班教報導文學及編輯的號×出版社的負責人陳×磻先生，後來我發現他不但沒有人對我「因材施教」，而我也發現自己有「赤子之心」，就因此得罪了他，於是他當時在台北市耕莘寫作班上編輯班的時候，他就惡意對我設計：「寫書是現代人的身分證。」的陷阱，他並舉有一位女士，她自己編了一本書，因此他以這一本書去報紙、雜誌應徵工作，屢次不爽、無往不利，由此可知誠如青少年的流行語：「變態」，而青少年所指的是「行為的變態」，由此延伸後現代人的心靈嚴重的突變，我把他稱之為「心靈的變態」，譬如，多年前陳×磻先生曾批評我是憤世嫉俗，後來我才發現，我誠如中國的亞聖孟子說：

「大人者，不失其赤子之心。」從這句中國的亞聖孟子的名言來看，我是如此純真、真誠的人，也就是根據現代《心理學》的研究：「當你在判斷，或是批評別人時，沒有以事實為根據，或者以證據為佐證，而當你判斷，或批評別人時，等於在判斷，或是批評你自己。」從這樣現代《心理學》的研究來看，陳×礎先生批評我是「憤世嫉俗」，他不但自己「憤世嫉俗」，他還利用語言、文字的攻擊和防禦來傷害我是那麼純真的人，由此可知陳×礎先生就是「變態的知識怪獸」。

接著，所謂的「知識販賣機」，所指的是在現代化的社會，而如今已進入網路資訊後現代化的社會，後來我發現二十年前我陸陸續續到洪建全教育文化基金會、好好好家庭教育文教基金會等，去上台灣某大學哲學系傅×榮教授在台灣的社會上所開的哲學課程，但後來我發現他不但沒有對我「因材施教」，還為了他個人的名聲和地位把一切的責任都推給我，譬如，他在上哲學課，或演講時，他曾對我說，我自己選擇的、我自己來的、只有讀他寫的書就能避開命運嗎？以及他對我沒有「因材施教」，反而他把一切的責任推給命運，說什麼命運的力量實在太大了，事實上傅×榮教授在他的著作裡有寫到自己人生成長的過程，也就是他從國小三年級至高中三年級長達九年的時光，因為「口吃」，導致他說話有障礙無法與人溝通，所以遭人嘲笑而形成他的性格已嚴重的扭曲變成了「病態」，即便他在成長的過程已克服

了口吃的障礙，也從輔仁大學至台灣大學當助教至美國攻讀耶魯大學，而他在短短三年半的時間就取得了美國耶魯大學的哲學博士，然後他返回台灣就在台灣某大學任教哲學系，而起初他是以副教授開始任教，後來升為教授且他曾是台灣某大學哲學系的系主任，而如今幾年前他已從台灣某大學哲學系退休，不過他已建立了自己的教育國王，也就是他曾在自己寫的著作中這樣寫著：「四十五歲他就不再演講，把機會讓給年輕人。」問題的關鍵，他偶爾還會在台灣的社會上演講，以及出版書籍依舊與還沒有退休前是一樣的。

然而，我從三十幾年前在金門當兵的時候，就在金門的某一家書店買了傅×榮教授所寫的《成功人生》（時報出版）一書，因此我從認識傅×榮教授至洪建全教育文化基金會、好好好家庭教育文教基金會等，還包括他在台灣的社會上所開的哲學課程，以及他在台灣社會上的演講，也就是我閱讀的書籍而大部分都是他寫的著作且還包括他推薦的書籍，由此可知前前後後長達十幾年的時間我跟隨著他，可是他不但沒有對我「因材施教」，反而利用語言、文字的攻擊和防禦，譬如，說我自己來的、說我自己選擇的等等的話，但事實他完全沒有對我「因材施教」，而且他為了自己名聲和地位，以及自己建立的教育王國，因此他把一切的責任都推給我，由此可知他的性格因九年的口吃嚴重的扭曲變成了「病態」，也變成了「知識販賣機」，而他退休後，他依舊販賣他的知識，因此有人說：「教授就是會叫的野獸。」事

實上，也不是完全沒有道理。譬如，在本詩集〈輯四〉的這首諷刺的散文詩，詩名是〈讓讀者看不懂的讀不懂的叫做現代詩？〉：

讓讀者看不懂的讀不懂的叫做現代詩，
即使台灣少許的文學家、作家、詩人及作者，
他們所寫的現代詩，讓讀者看的懂也讀的懂，
但有越來越多現代詩的作品，
讓讀者看不懂也讀不懂。

讓讀者看不懂的讀不懂的叫做現代詩，
即使以前我與台灣某報的編輯分享並請教──
什麼是現代詩？
於是我把自己寫的散文詩，
而詩名是〈問政治是什麼？〉
與他分享並請教後，
他卻這樣回答我說：
「我寫的現代詩所含詩的成分很少。」

讓讀者看不懂的讀不懂的叫做現代詩，
即使以前我以為台灣的詩魔只有一位──瘂弦，
然而我又發現，《新北市藝遊》裡面有刊載，
一代洛夫，永遠的詩魔──洛夫紀念特展──

詩的種子

──現代詩與古典詩之間的鴻溝

請問台灣的詩魔到底有幾位？
為何會被評論家尊稱為詩魔？
然而，台灣的詩魔寫的現代詩，
好像《哈利波特》的魔法學校，
因此他們在現代詩的語言、文字的世界裡變魔法術，
因此變來變去讓讀者看不懂的讀不懂的叫做現代詩。

讓讀者看不懂的讀不懂的叫做現代詩，
即使我寫的現代詩至少讓讀者看的懂也讀的懂，
只是我寫的批評到台灣的文學家、作家、詩人及編輯，
因此他們已經對我有所偏見，
我也變成台灣文學的黑名單，
以及台灣文學獎的黑名單，
因此與電影的經典名片《辛德勒的名單》──
在名單之內可存活下來，
在名單之外則難逃納粹德軍的屠殺，
而殺人魔希特勒屠殺六百萬猶太人，
因此台灣文學的黑名單與《辛德勒的名單》，
讓我覺得就是人性本惡嗎？
但我還是不相信人性本惡與人性本善？
我則堅持相信人的本性是向善的──人性向善。

然而，什麼是現代詩？什麼是散文詩？

什麼是散文？事實原本就有滿多的爭論？

因為現代詩沒有任何平仄、押韻、字數等規定，

所以不像古典詩有絕句、律詩等的限制和規定，

也就是只要你喜歡都可以自由發揮來寫現代詩，

只是台灣評審現代詩的文學家、作家、詩人及編輯，

而他們利用專業的權威來界定什麼是現代詩？

然而，台灣的文學家、作家、詩人及作者，

他們寫的有越來越多的現代詩作品，

讓讀者看不懂也讀不懂，

也就是讓讀者看不懂的讀不懂的叫做現代詩。

　　然而，中國的古書都是「文言文」，如古文觀止、論語、孟子……的古書。這些古書不但是文言文且是線裝書，上一句與下一句之間沒有標點符號隔斷；有許多文章從頭到尾，沒有一個標點符號；讀者看起來非常費力，甚至看不懂，在我看來台灣本土的文學家、作家、詩人及作者，因此有越來越多寫現代詩的作者，完全不採用標點符號，另一方面透過「比較文學」來看，台灣有滿多的文學家、作家、詩人及作者寫的現代詩的作品，而以超過三十行長句現代詩來說，有如《哈利波特》的魔法學校，在字裡行間變魔法術，讓讀者讀不懂現代詩的意涵；以十行以內短句現代詩來說，讓讀者難以理解和感受——作者寫現代詩的意境和情境，譬如，在《2015年台灣現代詩選》的詩集，而本詩集的編選委

員，有：江自得、鄭炯明、曾貴海、利玉芳、莫渝、林鷺等，因此我選擇在本詩集的〈第5頁〉，由作者隱匿，於二〇一五年一月二十九日刊載在《聯合報・聯合副刊》，而他寫的這首現代詩，詩名是〈我的光亮和影子——寫給金沙和小夜〉：

這個屋子裡
起先來了一隻金黃色的大貓
牠是如此明亮而耀眼
像這個世界上所有
最確切的存在
在你生命中刻鏤下
最深的一道光芒

你因此而盲目了
當有天早晨醒來
發現世界已失去了光

而後
像是這道光芒的回音一般
一道安靜的黑影來到
在這屋子裡落下
幾個腳印

一個逐漸清晰起來的身影

儘管牠沉默寡言
彷彿對於自己的存在
仍未確認
對於你為牠布置的睡窩
各種食物和營養品
都感到惶惑不安

然而影子逐漸靠近
逐漸落實
偶爾你也會發現
隔著一層被子
牠將手掌輕輕地
搭在你的身上
在寒冬的夜裡
你從夢境往外窺探
發現牠用一雙黃澄澄的眼睛
照亮了你眼睛的黑暗

不管那是光亮
還是影子
當你抱著牠們前往醫院

詩的種子

——現代詩與古典詩之間的鴻溝

為了牠們永無止境的病痛

而痛哭流涕

當你為牠們理毛

為了無法永遠陪伴牠們而致歉

那時牠們抬頭凝望著你

那眼神如此篤定

彷彿牠們早已存在此地

而你則因為牠們的確認

逐漸成形

逐漸落實

終於

也有了自己的

光亮和影子

　　接著，在《2015年台灣現代詩選》的詩集，因此我選擇
在本詩集的〈第21頁〉，由作者陳芳明，於二〇一五年一月
十一日站在橋上偶得，因此二〇一五年三日刊載在《創世
紀》第一八二期，而他寫的這首現代詩，詩名是〈離群索居
之鴿〉：

有誰怦然敲下一個琴鍵

回響在冰涼的雲天

所有朋友紛飛而去
我是離群後最孤獨的聲音

有誰願意參加我的合唱
空出來的五線譜
是演唱會缺席的友伴
冷卻的寒流四邊圍攏而來

有誰聽見季節裡的呼喚
溫暖記憶隨河水翻滾而去
唱不出的歌聲鎖在喉底
群山沉默下來，屏息等待

有誰望見我的來路與遠途
不要輕易這樣解釋我
河的盡頭春天已然在望
你就要聽見我的同類回來高唱

有誰敢說這是時間的終點
我的孤獨只是一個小小象徵
抵禦著洶湧喧嘩的流言
我暫時只是失去合唱的單音

有誰就要站在橋上舉目眺望

我將展翅飛翔，朝向豔陽的晴空

等著看吧，我的友伴回來時

河床盛開的繁花就要聽見大合唱

　　從這兩首現代詩來看，多年前我曾發表一首現代詩，詩名是〈甘蔗〉，而這一首現代詩刊登在台灣哪個報紙的副刊？或哪個詩的刊物？多年下來，我早已不記得，不過我似乎還記得當時我寫的這首現代詩是有標上標點符號？但刊登出來，該報紙編輯的副刊，或者該詩的刊物的編輯把我這首現代詩，以完全沒有採用標點符號來刊登，譬如，在本詩集〈輯一〉的這首現代詩，詩名是〈甘蔗〉：

我把

一根

一根

多汁的甘蔗

咀嚼

甜美的思想

吐出

文明的蒼白

從這首我寫的現代詩來看，如果是短句的現代詩完全沒有採用標點符號，在我看來不會影響讀者閱讀現代詩的興趣和速度；如果作者把現代詩寫得太長，已超過三十行以上的現代詩仍不採用標點符號，由此會障礙讀者閱讀現代詩的興趣和速度，以及標點符號是在呈現及延伸作者的思想、觀念、情感等等，即便有滿多台灣的文學家、作家、詩人及作者，也採用隔行來斷句的現代詩，因而看起來似乎也可以不採用標點符號，其實不採用標點符號的現代詩，會很難讓讀者肯定作者寫現代詩的意涵，從這個觀點來看，我寫的現代詩《詩的種子》──現代詩與古典詩之間的鴻溝，因此除了我寫的〈甘蔗〉這首現代詩之外，其它的現代詩一律採取用標點符號，譬如，在本詩集〈輯一〉的這首現代詩，詩名是〈平溪元宵燈節放天燈〉：

當沉默不語的夜，靜靜地降臨時，
夜便覆蓋那黑漆漆且孤寂的天空。
即使眾多的人點著一盞一盞平溪的天燈，
天燈也隨著孤獨清涼的風，漸漸地飄向……
那缺少情感的夜空，就在這時候，
天燈與天空的星星幾乎難以分辨？
即使在無情的夜空點著有情的天燈，
生命裡寸寸的光陰也隨著天燈漸漸……
消失在離愁，一望無際星辰的夜空……

從這首我寫的現代詩來看，使用標點符號除了讓讀者不必費力的閱讀，而且沒有標點符號會讓讀者讀不懂現代詩的意涵，也就是使用標點符號是在呈現及延伸作者的思想、觀念、情感等等。

　　然而，為什麼？我不採用台灣的詩人岩×，他對寫現代詩的技巧，他是以「虛實的技巧來寫現代詩。」從這句台灣的詩人岩×對寫現代詩的技巧來看，因為我是讀哲學的，所以哲學第一步先「澄清概念」？因此我請問台灣的詩人岩×？什麼是「虛」？而虛字所指的意思是虛空嗎？或者有其它的意思？從這個觀點來看，簡單來說，人的心靈是屬於「無形的精神狀態」，而宇宙萬物，乃至人類的身體都是「有形可見的」，譬如，在本詩集〈輯一〉的這首現代詩，詩名是〈來自心海的思潮〉：

　　　來自心海的思潮，
　　　就這樣一波一波……
　　　思潮在內心深處，
　　　隨著心海拍打著——
　　　無形的內在世界，
　　　即便思潮好比海潮，
　　　也就心海好比大海，
　　　可是人的心靈世界，
　　　仍與大自然的世界，

在有形象的外宇宙，

與無形象的內宇宙，

自己形成屬於自己的內在世界。

　　接著，在這本詩集《詩的種子》──現代詩與古典詩之間的鴻溝，除了多年前我曾發表過三首現代詩，以及後來在金×日報副刊記得有刊載我寫的四首現代詩之外，少數的詩作則在一年內完成的詩作，而大部分的詩作是二年內的時間才完成的詩作，因此本詩集沒有採用年代來分類第幾輯？只有以我寫的現代詩的詩名的標題，來分類第幾輯。

　　從另一個角度來看，既然現代詩是以「白話」文學寫成的，因而我把精緻的思想濃縮在現代詩的字裡行間，譬如，在本詩集〈輯一〉的這首現代詩，詩名是〈手機〉：

現代人生活在手機的世界裡，

彷彿自己的世界只剩下手機，

就在這個時候，手指滑來滑去，

滑動那手機的面板，自己漸漸……

被氾濫成災的資訊淹沒了心靈；

坐著時、走路時、睡覺時，

時常看著自己手機的資訊，

即便眼睛被手機，猶如海綿般吸住，

吸走了思想，卻吸不掉心中的憂鬱；

一隻手機，可以打通全世界，
人與人之間，身體靠得很近，
現代人的心靈是愈離愈遠，
現代人的疏離感愈離愈遠，
現代人遠離了心靈的故鄉；
現代人的生活被手機控制自己的思維，
逐漸被手機的資訊淹沒了憂傷的心靈。

　　從我寫的這首現代詩來看，我寫的現代詩完全不採用有
一些台灣寫現代詩的作者，也就是他們在寫現代詩的詩集
裡，每一首現代詩的後面，還以「白話」來進一步說明：
「寫現代詩所呈現的意境和情境」，在我看來現代詩是以
「白話」文學寫成的，因而我覺得已經沒有必要再以「白
話」來說明，自己寫的現代詩的意境和情境，致於我在本詩
集為什麼「註」？我則對於創作現代詩的參考、評論及我寫
的現代詩讓讀者比較難以理解的部分才進一步說明，而不是
像台灣有一些作者在每一首現代詩都有對現代詩的意境和情
境詳加說明，由此可知我覺得古典詩是屬於「文言文」，因
而古典詩須搭配「白話」翻譯來呈現，才能讓讀者能夠理解
古典詩。
　　從這段現代詩與古典詩的思維來看，再進一步透過「比
較文學」，譬如，在《2015年台灣現代詩選》的詩集，因此
我選擇在本詩集的〈第29頁〉，由作者江自得，於二〇一五

年四月刊載在《文學台灣》九十四期，而他寫的這首現代
詩，詩名是〈二月〉：

1.

二月

激憤的天空

看不到小樹抽芽

哭泣的枯枝

在森林裡不停顫抖

2.

陌生的語言

充滿疑懼

鮮血被隱藏

在文字的背面

輓歌從蒼星的嘴角不斷流瀉

3.

歷史的手斜斜切入

從時間的碎片中尋覓

兇手的臉

二月卻已風化成

一堆細沙

4.

泛黃的明信片裡

痛苦的記憶

早已變成傷疤

月亮又升起了

時間通行無阻

5.

二月的尾巴懸吊著

國定紀念日

大學生瘋狂舉辦假日轟趴

沒有槍聲，沒有追捕，沒有鞭笞

噢，同樣是漆黑的夜晚

6.

被遺忘的冷雨，以及

晨露，以及

淒苦的日子

披著黑色面紗的二月

正緩緩死去

　　接著，在《2015年台灣現代詩選》的詩集，因此我選擇在本詩集的〈第57頁〉，由作者林盛彬，於二〇一五年八月

刊載在《笠》詩刊三〇八期，而他寫的這首現代詩，詩名是
〈神奇變頻冷氣〉：

氣氛赤炎炎

他們在傳統黑箱中推出

神奇變頻冷氣

可以改變步步步步步步步數

可以忽冷忽熱

可以隨心所欲顛倒程序

他們有不透明的複雜技術

可以微調

小至隨風轉舵

大到移山填海

譬如將南京移到台北

把聖母峰挪上玉山

尚尚尚尚尚尚尚

黑黑黑黑黑黑黑的

脫文解字功能

言言言言言言言不必有果

系系系系系系系可以無罔

沒有哪個步步步步步步步數不出人意外

沒有哪一頁頁頁頁頁頁頁不是充滿幻想

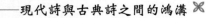

靜悄悄
保證
中央空調

他們在黑箱中操作
把墨色的心
攤在一頁頁頁頁頁頁頁紙上
掩蓋樹的事實
塗抹土地的存在

步步步步步步步數真的很奇怪
頁頁頁頁頁頁頁面具真的很黑
變頻冷氣真的讓人不爽
他們紛紛走出校園
因為氣氛實在赤炎

　　接著，在《2015年台灣現代詩選》的詩集，因此我選擇
在本詩集的〈第70頁〉，由作者岩上，他寫於二〇一五年六
月七日，因此二〇一五年十月刊載在《笠》詩刊三〇九期，
而他寫的這首現代詩，詩名是〈面與麵〉：

麵的一張臉
寫在碗中的人生象徵

一張臉
一碗麵

熱的冷的
樂的悲的
笑的哭的

咻
曲中求直的
化入生活的食道

那張臉抽成麵條的線
理不斷
皺紋和皮面的拉麵張力
掛著摻雜歲月的味素

湯頭
自我的形成，經過揉桿的歷煉
飽餓自知
麵，吃在
自己的面上

從這三首現代詩、《2015年台灣現代詩選》，以及從以前台灣現代詩選至近來的台灣現代詩選來看，為什麼我會勉強自己去位於台北市中山地下街的「誠品書店」，購買這一本《2015年台灣現代詩選》？主要的原因就是，我為了寫《詩的種子》——現代詩與古典詩之間的鴻溝，於是我想藉由這樣的詩集，以「比較文學」來凸顯有滿多台灣的文學家、作家、詩人及作者已迷失在現代詩的迷宮，也讓讀者迷失在現代詩的迷宮，另一方面幾乎讓讀者讀不懂現代詩的意涵，也很難讓讀者去理解和感受——現代詩的意境和情境。從另一個角度來看，我就直接與人分享，現代詩與古典詩之間的鴻溝，卻獲得一些人的認同，譬如，中國唐朝的詩仙李白寫的〈靜夜思〉：

　　床前明月光，
　　疑是地上霜。
　　舉頭望明月，
　　低頭思故鄉。

　　接著，根據《唐詩三百首》（俊嘉文化事業有限公司出版），而作者是朱炯遠先生，他對這首古典詩，詩名是〈靜夜思〉的〈白話〉翻譯，譯文如下：
　　詩人客居在外，寄宿於驛店之中。夜深人靜時分，思鄉之情陡然而生。正在思緒紛雜、意態朦朧之中，詩人看到透

過窗櫺映照在床前的月光，起初還以為是一層白霜，轉而猛省這非為白霜，而應是明月之光。於是便仰手遠看那空中的一輪明月，心中愈加思戀那故鄉的親人，不由得低下頭來沉思不已。

　　然而，淺顯易懂的字句能讓讀者可以發揮想像力，與中國唐朝的詩仙李白寫的這首古典詩的意境和情境互相輝映，從這首詩古典詩來看，台灣目前寫古典詩的專家或專業人士，因而經由「比較文學」，好像放大鏡就可以清楚的看出，現代人寫的古典詩欠缺古人寫古典詩的思想，以及古人寫古典詩的意境和情境，從這個觀點來看，許多現代人寫的古典詩是符合寫古典詩的平仄、押韻、字數等規則，但許多現代人寫的古典詩，總是讓讀者覺得僅以美麗的修詞來運思，而欠缺古典詩的思想。

　　從另一個角度來看，我想藉由「比較文學」，來比較古人與現代人寫的古典詩在思想、意境、情境等差別在哪裡？於是，我便打電話給舉辦二十一屆台北文學獎的策畫執行《文訊雜誌社》（主辦單位：台北市文化局），因此在電話中，我向這次台北文學獎的工作小組的服務人員，而我向她詢問——我想寫「比較文學」，因而我想引用獲得以前台北文學獎古典詩的作品，也就是我在台北捷運的車廂有看見在透明壓克力裱框的紙張，而紙張有呈現以前台北文學獎古典詩的作品，於是她把電話轉給承辦業務的一位先生，接著那一位先生回答我說；「台北文學獎的作品，因為有授權的問

詩的種子
——現代詩與古典詩之間的鴻溝

230

題，所以要引用台北文學獎的作品，必須要經過作者的同意才能引用。」後來我才發現，這是我第一次聽到引用別人的作品需要經過作者的同意，但問題的關鍵，每一本書都有著作權、授權等的法律規定，因此這樣要引用書中作者的思想變成了都要經過作者的同意才能引用，如此令我覺得不可思議，如此過度的強調著自己的著作權，如此過度以著作權法來保障自己的著作權，令我感受到在知識、資訊都已氾濫的網路資訊後現化的社會，誠如有人說：「現代化的社會，法律多如牛毛。」後來我才發現，在網路資訊後現代化的社會已不是法律多如牛毛，而是法律比牛毛還要多，接著有人說：「現代的法律，沒有保護好人，也沒有保護壞人，是保護懂法律的人。」接著，幾年前我去法律諮詢，而有一位律師對我說：「現代的法律是保護壞人，懲罰壞人。」

舉例來說，幾年前根據臉書（FB）的報導：「詐騙集團的首腦，被法官輕判有期徒刑一年，而詐騙集團的共犯，居然只判半年，還可易科罰金且免坐牢。」從這樣詐騙集團的報導來看，事實台灣根本就是「詐騙集團及詐騙犯的快樂天堂。」即使台灣的立法委員鑑於新興犯罪組織崛起，犯罪手法也趨於多元，因而為了有效打擊組織犯罪，保障全體國民生命財產的安全，也就是組織犯罪防制條例已於一〇七年一月三日已修正公布，而且依現行組織犯罪防制條例第二條規定，詐騙集團如符合持續性、牟利性構成要件，依同法第三條規定，凡是發起、主持、操縱或指揮犯罪組織者，將處三

年以上十年以下有期徒刑，得併科新台幣一億元以下罰金；參與者，將處六個月以上五年以下有期徒刑，得併科新台幣一千萬元以下罰金，並應於執行刑罰前，令入勞動場所，強制工作三年（組織犯罪防制條例參考網路的全國法規資料庫）。

　　即使目前台灣的立法院的立法委員，已有比較改善立法委員在立法院所發生的杯葛、衝突、打架等事件，可是以前不可否認民進黨的立法委員與國民黨的立法委員，因為彼此選舉的恩怨、政治衝突、利益衝突等，所以造成的杯葛、衝突，甚至以前曾在立法院發生立法委員流血打架的事件，也就是我對台灣立法委員的立法的品質幾乎已失望，因而我為了保護自己無論是「合法的多層次傳銷」，或者「違法吸金、詐欺、詐騙的老鼠會」，我則在認知上一律都是以「違法吸金、詐欺、詐騙的老鼠會來看待」，譬如，N×I網路拆分盤公司、S×Y網路拆分盤公司……的負責人的詐騙犯，以及S×Y網路拆分盤公司在台灣團隊最前面那幾位的詐騙犯，而他們利用合法的多層次傳銷而假投資真詐財、利用手機跨國網路拆分盤的網路交易平台，而網路拆分盤公司根本沒有跟投資者及受害者簽下任何的契約書、利用大型的說明會、利用基督宗教的大×豪神的恩典團隊、利用人性喜歡賺錢，不喜歡繳稅……，讓投資者及受害者陷入投資的陷阱而不自覺，等發現到時受害者都已無法挽回金錢的損失和傷害。

　　從網路拆分盤公司負責人的詐騙犯及網路拆分盤的團隊

的詐騙犯來看，台灣與全世界某些國家對於詐騙集團及詐騙犯可判到十年以上有期徒刑，甚至死刑，相對於此，經由比較台灣對詐騙集團及詐騙犯的立法還是太輕；台灣的法律不該嚴的卻嚴的讓人受不了，也就是台灣的著作權法、著作授權的相關法律的規定，而此規定要引用以前台北文學獎古典詩的作品，居然要經過作者的同意，事實根本就是過度嚴格且不合理，如果引用其他書籍都是要經過作者的同意，那寫書的作者如何面對如此過度強調著作權、著作授權的法律的規定呢？

進一步來探索著作權法，因此我打電話給經濟部的智慧財產局，而智慧財產局的服務專員回答我詢問的五十二條著作權法的規定，他說：「為報導、評論、教學、研究或其他正當目的之必要，在合理範圍內，得引用已公開發表之著作。」從著作權法五十二條的法條來看，以前我為了出版《散散步，欣賞啊！》——尋找過去的記憶，因此我到台北市中山區與律師免費的法律諮詢好幾次，我才放心的出版，但我為了寫《詩的種子》——現代詩與古典詩之間的鴻溝，因此我想引用以前台北文學獎古典詩的作品，而二十一屆台北文學獎的工作小組的服務人員則對我說，此業務是由台北捷運公司負責，於是她將電話轉給台北捷運公司承辦此業務的承辦人，而承辦人則回答我說：「要引用台北捷運透明壓克力裱框的台北文學獎古典詩的作品，必須經過作者的同意才能引用。」從這樣著作授權引用的法律的規定來看，承辦此業

務的承辦人，在網路資訊後現化的今日社會，而如今的法律比牛毛還要多，因而他根本也不了解著作權法五十二條的法條的規定，也就是不論我引用別人的著作，或者所見所聞把作者的作品真實的呈現，事實都符合著作權法五十二條的法條的規定，也就是「正當的、合理的引用的範圍」，沒有任何違反著作權法，或者著作授權的問題，由此可知當時承辦此業務的承辦人，或者我到台北市中山區與律師免費的法律諮詢，而承辦此業務的承辦人，或者一些律師，而他們對著作權法並沒有了解完整，因此影響我是一位精神弱士者過度的擔心，而如今我對著作權法已了解，因此我可以袪除有違法的外在法律的規定。

換個角度來看，西方有一位哲學家說：「群眾的年齡只有十三歲。」在我看來台灣文學獎的評審委員、台灣文學館文學獎的評審委員、國藝會文學創作、文學出版的評審委員，以及台灣有滿多的文學家、作家、詩人、編輯、學者等，誠如中國的至聖先師孔子，子曰：「鄉原，德之賊也。」（《論語・陽貨篇第十七・立緒版》）作者的〈白話〉翻譯：「不分是非的好好先生，正是敗壞道德風氣的小人。」（譯文參考立緒版《論語》）從這句中國的至聖先師孔子的話來看，所謂的「鄉原」，就是「好好先生」，而如今也可以說：「好好小姐」、「好好女士」等，也就是台灣有滿多寫現代詩的文學家、作家、詩人及作者，讓讀者讀不懂現代詩的意涵，也讀不懂作者寫現代詩的意境和情境，因

而他們在現代詩的世界裡，有如鄉原般互相的討好。

最後，我想表達的是，事實「人性原本就是不公平」，因此以人來評審文學獎、以人來鑑定醫學的誤診、以人來偵辦案件（檢察官、刑警、調查人員）、以人來審判案件（法官）……，其實會影響評審、鑑定、偵辦、審判等的公正性的問題太多，如親戚朋友的關係、人的情緒問題……，在我看來即使AI人工智慧已經是二十一世紀最新的商機和最夯的產業，譬如，全世界知名的律師事務所，他們僱用的法律諮詢的律師已不是真人的律師，而是以AI人工智慧來取代真人的律師，不過對於許多現代化的專家或專業人士而言，眼光和記憶依舊生活在現在和以前的時光中，就這樣，我預測大概二○五○年在人類的世界，老師這種職業會被智慧型機器人所取代，因此我把這樣的智慧型機器人，取名稱之為「知識販賣機」，以此類推，台灣文學獎的評審委員、台灣國藝會聘請文學創作、文學補助的評審委員、台灣文學館聘請文學獎的評審委員，以及全世界各國文學獎的評審委員逐漸會被「智慧型文學獎評審機器人」所取代、警察會被「智慧型機器戰警」所取代、檢察官會被「智慧型偵查機器人」所取代、法官會被「智慧型審判機器人」所取代、醫師會被「智慧型診斷機器人」所取代……，不過對於我的預測，許多的現代化的專家或專業人士因基於現實利益的因素，也就是畢竟要透過教學、工作賺錢才能生活，就這樣，或許不相信老師這種職業，或其它的職業，會被智慧型機器人所取代，因

此信與不信由你？

附錄一

1.臺北市孔廟

萬仞宮牆隔古今，夫子之德如北辰，
舞動儒風遊孔廟，狀元橋上見麒麟。
鏗爾舍瑟春風裡，仰之彌高如星辰，
因材施教益弟子，慎終追遠緬孔辰。

註：泮橋又稱為狀元橋。

2.林安泰古厝民俗文物館

泰階安宅安泰堂，花瓶框景是雲牆，
聚寶收納月眉池，凹壽三川門雕祥。
山石水泉縮小版，寄情山水憂愁望，
迎風隨月映月池，遊賞園林精神爽。

註：凹壽三川門雕祥＝凹壽三川門雕飾，譬如，在閩南式建
　　築屋簷下，雕有飛鳳雀替、垂花吊筒、古琴和夔龍等吉
　　祥象徵。映月池＝映月大池，此池用人工挖成的並不
　　大。

3.新北投溫泉

世外桃源新北投，依山傍溪溫泉流，
古蹟溫泉北博館，濃濃古意有看頭。
如夢似幻地熱谷，溯溪而上探源頭，
一代草聖于右任，揮毫筆墨望憂愁。

註：這首〈新北投溫泉〉古典詩的創作，參考由觀光傳播局
2018年3月發行的「FUN TAIPEI」中文版。北博館＝北
投溫泉博物館：前身為「北投溫泉公共浴場」，1913年成
立時為東亞最大的溫泉浴場，現在則是北投最重要的溫
泉文物收藏、展示處，珍貴的北投石也在館藏之列。「地
熱谷」：是北投溫泉其一的源頭，為水質特殊的青磺泉，
由於湯色清透微綠，故別名「玉泉谷」。此地終年雲霧繚
繞的山谷窪地，景色如仙境般夢幻，在日本時代是臺灣
八勝十二景之一。梅庭：曾是「一代草聖」于右任先生
的避暑別館，建立於1930年代末期，建物形式保有日式
木構造建築風格，雅致的庭園內綠樹成蔭。館內設有遊
客中心、歷史建築常設展，可免費參觀，或利用北投梅
庭雲端導覽系統，透過3D真人實境導覽功能，體驗北投
梅庭迷人風采。

4.臺北 101 摩天樓

打好地基建大樓，菁華地段有看頭，
日出日落照大樓，遊客在此望高樓。
快速電梯上觀台，登高望遠新北投，
防震防風阻尼器，舉世聞名摩天樓。

註：觀台＝觀景台

附錄二

一百多年來台灣的作家為什麼沒有人獲得諾貝爾文學獎？

　　這篇〈中國的作家無緣諾貝爾文學獎？〉刊載在一九九七年六月十六日輔仁大學《益世評論》〈大家談〉的版面，但多年下來，因為高行健先生在二○○○年獲得諾貝爾文學獎，而他得獎的代表作，有：《一個人的聖經》、《靈山》等，可是他在一九九七年早就入籍法國，所以高行健先生不能代表中國人獲得諾貝爾文學獎，接著中國大陸的莫言先生終於在二○一二年獲得諾貝爾文學獎，因此他終於可以代表中國人獲得諾貝爾文學獎，而他得獎的代表作，有：《紅高粱家族》、《蛙》、《生死疲勞》、《豐乳肥臀》等，即便獲得諾貝爾文學獎的作品，在知識、資訊都已氾濫的後現代化網路資訊的今日社會，如高行健先生、莫言先生……的文學書籍，事實也都沒有列入我想閱讀的文學書籍，而我偶爾透過網路隨意瀏覽，或者到書店隨意翻翻，我並沒有仔細去閱讀他們文學的書籍，也就是我想閱讀文學的書籍大部分是經典的文學書籍，如美國作家梭羅的《湖濱散記》、法國作

家卡謬的《異鄉人》、美國作家海明威的《老人與海》、俄羅斯的作家杜斯妥也夫斯基的《罪與罰》、德瑞作家赫曼‧赫塞的《流浪者之歌》、印度詩人泰戈爾的《詩集》……，還有當代的文學書籍，譬如，挪威的作家喬斯坦‧賈德（Jostenin Gaarder）寫的小說類文學書籍，有：《蘇菲的世界》、《瑪雅》、《紙牌的祕密》、《庇里牛斯山的城堡》等等。

　　然而，我修改本文部分的內容及增加內容，並把標題修改成〈一百多年來台灣的作家為什麼沒有人獲得諾貝爾文學獎？〉而且，在本詩集的附錄二這篇諾貝爾文學獎的評論，我則引用了作者柯順隆先生在二〇一一年一月三日在網路發表的一篇文章，標題是〈文學獎的陪審團〉（Literature），在我看來多年前台灣某大學哲學系傅×榮教授，而他在台灣的社會上演講，或者在洪建全教育文化基金會、好好好家庭教育文教基金會等上哲學課時，他對於近百年來中國的作家為什麼沒有人獲得諾貝爾文學獎？他曾以哲學的思維與理性的分析來指出，因此多來下來我整理他的這一段思維，他說：「對哲學的理念掌握不夠，對宗教的意識太差，以致一部作品完成後，始終無法與『根源』保持接觸。然而，西方文學的經典著作，而當你仔細去閱讀的時候，你會發現他們是以各種不同文學的形式來與根源保持接觸，也就是如果碰到死亡的問題就逃避的話，那麼對人生有什麼深刻的感受，對人類還什麼普遍關懷的文學。」

從這段評論來看，中國的作家及台灣的作家幾乎只是喜歡描寫現實，譬如，白樺的《苦戀》，最後用自己的身體在地上寫幾個字：「為什麼我的國家不愛我呢？」從這個觀點來看，是共產黨有問題，統治人不對，這麼一來，還有什麼人生深遠的意義？再舉台灣的國家藝術基金會（簡稱國藝會），由此通過國藝會評審委員文學創作補助的作品來說，譬如，二〇一六年第二期國藝會補助散文創作計畫，而作者馬翊航的散文集《山地話》補助為二十萬元；作者趙尚祖的《每科都得U的孩子》小說創作計畫補助為二十萬元……，以及以前到目前為止台灣文學獎的作品。

　　然而，我以前曾在台灣的某書店隨意翻閱居然看見某書中，有：「二十世紀，《心理學》研究到〈病態心理學〉；二十一世紀，《心理學》研究到〈變態心理學〉。」從《心理學》這樣的研究來看，我發現在網路資訊後現代化的今日社會，因為知識、資訊都已氾濫，所以有滿多的後現代人所寫的文學書籍、文學作品，也變成了病態文學與變態文學，也就是有越來越多的後現代人都變成了病態與變態的人，而且有越來越多的後現代人生存在如此複雜的網路資訊後現代化的今日社會，怎麼利用語言、文字攻擊和防禦，相對於此，我也學會怎麼反擊怎麼防禦，這麼一來，才能抵抗後現代人對我語言、文字的攻擊和防禦，也就是從以前至幾個月前我透過行政院長的電子信箱表達與陳請，有關於台灣文學獎的評審委員，以及國藝會文學創作、文學出版評審委員的

公平性在哪裡？因此文化部及國藝會從以前至幾個月前都曾幾次對我回函，內容重點如下：「所有申請案件均依本基金會補助申請基準規定，經由七位評審所組成的會審會議，參酌評審重點及補助考量方向進行審核。均就內容、品質為補助考量，且國藝會所聘請文學創作、文學出版評審委員都經過嚴格的審核。」

從文化部及國藝會對我回函的內容來看，事實並非如此，也就是國藝會文學創作、文學出版的評審委員，誠如中國的至聖先師孔子，子曰：「鄉原，德之賊也。」（《論語・陽貨篇第十七・立緒版》）作者的〈白話〉翻譯：「不分是非的好好先生，正是敗壞道德風氣的小人。」（譯文參考立緒版《論語》）從這句中國的至聖先師孔子的話來看，假如我是台灣文學獎的評審委員、台灣文學館文學獎的評審委員及國藝會文學創作、文學出版的評審委員，即便已經通過台灣文學獎的評審委員、台灣文學館文學獎的評審委員及國藝會文學創作、文學出版的評審委員，也獲得了文學獎及文學的補助獎金的作品，也就是我大部分閱讀的文學書籍是經典的文學書籍和哲學的書籍，而這些台灣獲得文學獎及國藝會文學創作、文學出版的作品，大部分則無法獲得文學獎及文學的補助獎金，為什麼？理由是，一百多年來台灣的作家為什麼沒有人獲得諾貝爾文學獎？在我看來台灣有滿多的文學家、作家、詩人及作者，總是喜歡描寫現實的現象及在現實裡打轉，因此轉來轉去轉不出文學的迷宮，而西方文學

經典的作品及東方獲得諾貝爾文學獎的作品，他們不但對文學有豐富的內涵，也掌握了哲學的理念。

換個角度來看，以前我申請國藝會文學出版的文學補助獎金有兩次，而申請的計畫案，書名是《散散步，欣賞啊！》——尋找過去的記憶，可是卻沒有獲得國藝會文學出版的文學補助獎金，但後來我發現，經由我的反省，國藝會的文學出版的評審委員對我寫的文學書籍的評審，因此用一句話來形容是滿貼切的「過度重視修辭，而忽略我的思想。」

以前我申請台北文學年金，書名就是《詩的種子》——現代詩與古典詩之間的鴻溝，可是沒有獲得台北文學年金，也就是評審委員讓兩位作者獲得台北文學年金，第三名則是空缺，意思是，因為作品未達文學創作的水準，所以沒有獲得台北文學年金，後來我把這本詩集又向國藝會申請文學創作的補助獎金，但仍然沒有獲得國藝會文學創作的評審委員的文學補助獎金，後來我再反省，台灣文學獎的評審委員、台灣文學館文學獎的評審委員及國藝會文學創作、文學出版的評審委員的公平性在哪裡？也就是我指的不是只有我寫的文學書籍，而是整體對台灣文學獎評審委員在評審文學獎的作品的不公平性；台灣文學獎的評審委員在評審文學獎的過程，並沒有祛除許多迎合世俗、討好現代人口味的文學作品，而讓這些文學作品獲得文學獎，因此失去了台灣文學獎評審委員的公平性。

接著，國藝會獎助組某一位女性專員，在以前我申請國

藝會文學創作《詩的種子》──現代詩與古典詩之間的鴻溝，因此她曾對我說：「申請國藝會文學創作、文學出版的補助獎金，就像是中了台灣的大樂透。」而且，後來我發現因我向行政院長的電子信箱表達與陳請，於是造成了她的壓力，因此影響到她而對我產生不滿的情緒，因此從以前至幾個月前我總是以為，誠如有人說：「分享快樂，加倍的快樂；分享痛苦，減半的痛苦。」從這句分享的話來看，後來我發現與她分享、談話及我追求她的認同的過程，她並沒有認同我的看法，也就是事實她所認同的是國藝會所聘請文學創作、文學出版的評審委員（專家或專業人士）。

　　然而，誠如台語的一句俚語說：「平平都是人。」從這句台語的俚語來看，恐怕大部分的後現代人所認同的是後現代化的專家或專業人士，而我只不過是一位市井小民（無名小卒），也因此誠如英國的文學家王爾德（Oscar Wilde）說：「活得快樂，就是最好的報復。」可是，她卻因我向行政院長的電子信箱表達與陳請，而造成她的壓力，以及影響到她而對我產生不滿的情緒，然後她利用語言的攻擊和防禦來對我報復，後來我就寫信給她而向她表達，也就不是她的業務範圍的話題我不再打電話給她，於是我必須再次減少與後現代人說話來保護自己。從另一個角度來看，有人說：「人心隔肚皮。」以上我的判斷是根據外在發生的現象來判斷，但我與她之間我們的互動、談話是否符合我的判斷？或者有其他事實的出入？我就不得而知了？

不僅如此，多年前我寄給《中國時報》的編輯焦桐先生，與他分享我寫的這篇〈中國的作家無緣諾貝爾文學獎？〉而且，我請教他說：「近百年來中國的作家為什麼沒有人獲得諾貝爾文學獎？」於是，他寄給我刊載在《中國時報》的一篇有關於諾貝爾文學獎的評論，標題是〈中國的女婿〉，而內容重點如下：「當拉丁美洲、非洲等第三世界小國的作家相繼得過諾貝爾文學獎之後，中國作家，傳播媒體似乎對還沒獲得這個獎愈來愈在乎了──難道擁有五千年文化的泱泱大國，竟比不上蠻夷之邦、蕞爾小國？特別是近幾年，不滿的情緒帶著急切，好像諾貝爾文學獎是中國當代文學追求的遠大目標。……『諾貝爾文學獎不是世界文學獎，它只不過是十八個研究文學的瑞典皇家院士而已。』……陳寧祖不但是馬悅然的賢內助，更是他的益友、良友。」從這篇諾貝爾文學獎的評論來看，也許馬悅然教授娶了中國的妻子是中國的女婿，因此似乎不得不幫中國人說話。換個角度來看，如果諾貝爾文學獎不是世界文學獎，而從以前至現在，如台北文學獎、新北市文學獎、中國時報文學獎、台中文學獎、林榮三文學獎……，難道它們是世界文學獎嗎？這麼一來，令我感概萬千，好像中國清朝的慈禧太后把自己「閉門鎖國」，結果被八國聯軍來瓜分中國的主權和土地。

　　其次，諾貝爾文學獎是從一九〇一年開始頒發的，迄今已有一百一十九年的歷史，然而為什麼我說：「一百多年來」，而不說：「自古以來」，因此台灣的作家沒有人獲得

諾貝爾文學獎，關鍵在於中國古代的文學作品，譬如，從屈原到陶淵明，從李白到杜甫，從蘇東坡到陸放翁，而他們的文學著作已達到文學上層的作品，只不過是那個時代沒諾貝爾文學獎而已，以此類推，人文薈萃的希臘、羅馬，他們的代表人物，有：荷馬、但丁；文化昌盛的英國、德國及法國，有：莎士比亞、歌德、莫里哀。

從另一個角度來看，台灣有滿多的文學家、作家、詩人、編輯、學者及文學獎的評審委員豈不是「吃不到葡萄說葡萄酸。」而且，如果諾貝爾文學獎不是世界文學獎，為什麼世界文壇會推崇它為世界文學的最高榮譽，如梭羅、卡謬、海明威、杜斯妥也夫斯基、赫曼‧赫塞、泰戈爾……，因此難道我們可以否認他們在世界文學上的成就嗎？這麼一來，有滿多的台灣的文學家、作家、詩人、編輯、學者及文學獎的評審委員的性格在不及早自覺的話，可能再過一百年台灣的作家依舊沒有人獲得諾貝爾文學獎；有滿多的台灣的文學家、作家、詩人、編輯、學者及文學獎的評審委員，你們何年何月何日才能覺醒呢？

多年前我在網路看見這篇文學的評論，而作者是柯順隆先生，他在二〇一一年一月三日發表的一篇文章，標題是〈文學獎的陪審團〉（Literature），因此我把整篇文章用手抄寫下來，再以筆記型電腦打成文字，內容如下：「今年台灣的各大文學獎陸續公佈了。除了台北文學獎、宗教文學獎等少數文學獎尚未公佈得獎名單外，其他的文學獎都已經揭

曉了。每年政府與民間的有心人，都出了不少錢，發了很多心血在辦徵文比賽。有些徵文比賽有公佈評審名單與評審經過。觀乎這些評審名單幾乎都是得過獎的作家與學者，而且有幾位於今年擔任了多個文學獎的評審。而且不論是否分為初審、複審與決審，這樣的評審，都是由少數幾個人，就決定了得獎名單。如此一來，不但可能由少數幾個人私相授受，或是因為少數幾個人的品味堅持，而失去徵文比賽的公平性，更可能讓文學獎難以貼近一般人的文學欣賞口味。更何況有些文學獎的得獎名單出爐後，不但被文友們大肆批評一番，甚至過去還有得獎作品被揭發出抄襲的事實，而被取消得獎的資格。如果文學獎不僅在乎少數評審的文學口味，更在乎欣賞文學作品讀者的話，我建議主辦單位可以找不同年齡層與各行各業的代表人物，組成文學獎的陪審團，來擔任輔助評審的工作。因為無論中央或地方政府出錢辦徵文比賽，畢竟是來自納稅人的錢，應該是要很在乎讀者的反應才是。要選出好的文學作品與大多數讀者會喜歡的作品，我想除了找文學專家擔任評審之外，找各行各業的代表人物，組成文學獎的陪審團擔任輔助評審的工作，應該是有幫助的。國外司法上的陪審團制度，一般是由三十一位各行各業的代表人物組成陪審團，決定被告是否有罪，再由法官引用法條決定刑期與處罰。文學獎的陪審制度，也可以由三十一位各行各業的代表人物組成陪審團，決定參賽作品是否得獎，再由評審決定名次。如此一來，不但可以避免由少數人私相授

受，或是因為少數人的品味堅持，而失去徵文比賽的公平性，更可以貼近一般人普遍的文學欣賞口味。目前有些政府單位舉辦的文學獎，是外包給民間專業的執行機構負責的，所以出錢舉辦文學獎的政府單位，應該可以要求執行機構舉辦更貼近社會大眾的徵文比賽。至於民間的文學獎如何決定文學獎的陪審團的成員名額與如何輔助評審，相信民間各大文學獎必定能找出最佳辦法。有些文學獎開放網友投票，但畢竟電腦技術作弊是難以防範的事，如果將開放網友投票，當成可以增加民眾與好熱度好措施，是不錯，但是如果將網友投票當成入選與否的唯一根據，不但可能變相鼓勵網路作弊，也太商業化了些。比較好的方法應該是將開放文學獎的陪審團選出的作品貼上網路，提供網友批評，如果有抄襲或其他不合規定的問題就可以及早發現，我覺得能學習國外司法上的陪審制度，應該可以讓台灣的文學獎更有看頭才是。」

從這篇文學獎的評論來看，台灣好像「文學的王國」，從北到南、直轄市、許多的縣市政府及離島、民間報社、雜誌、民間企業、民間的財團法人等，每年幾乎都有辦「文學獎徵文比賽」，如台北文學獎、新北市文學獎、台中文學獎、台南文學獎、高雄文學獎、金門文學獎、中國時報文學獎、菊島文學獎、馬祖文學獎、九歌文學獎、林榮三文學獎、梁實秋文學獎、林語堂文學獎、吳濁流文學獎……，由此可知辦文學獎的獎金從哪裡來？因此聘請文學獎的評審委

員，如學者、文學家、作家、詩人等等，也都需要花錢，而除了民間報社、雜誌、民間企業、民間的財團法人所舉辦的文學獎徵文比賽之外，也就是由台灣的直轄市、許多的縣市政府及離島所舉辦的文學獎，而獎金的來源與聘請評審文學獎的評審委員，全部都是全民的納稅錢。

換個角度來看，有人說：「現代化的社會，只要人際關係做得好，就可以暢通無行。」由此延伸，台灣從北到南有一些縣市的文化局長，是由一些成名的文學家、作家等來擔任文化局長，也就是作者柯順隆先生，而他所寫的這一篇〈文學獎的陪審團〉（Literature），深入剖析了台灣文學獎真實的現象，如此讓我感觸良多，也就是一百多年來台灣的作家為什麼沒有人獲得諾貝爾文學獎？然而台灣有滿多的文學家、作家、詩人、編輯、學者及文學獎的評審委員，他們卻在質疑諾貝爾文學獎的公平性在哪裡？但須先反省台灣每年辦那麼多文的學獎，因此台灣文學獎的評審委員、台灣文學館文學獎的評審委員及國藝會文學創作、文學出版的評審委員的公平性在哪裡？還有台灣的報社、雜誌的編輯和主編刊載文章的公平性在哪裡？由此可知台灣有滿多的文學家、作家、詩人、編輯、學者及文學獎的評審委員，請勿一味的在批評、質疑諾貝爾文學獎的公平性在哪裡？

最後，我想引用中國的美學家朱光潛先生所寫的《談文學》（業強版）一書，而本書總共有十六篇文章，而第一篇就是〈文學與人生〉，因此朱光潛先生在這篇文章的開頭的

段落就有談到什麼是文學？因此我僅取這篇文章的開頭的段落：「文學是以語言文字為媒介的藝術。就其為藝術而言，它與音樂圖書雕刻及一切號稱藝術的製作有共同性：作者對於人生世相都必有一種獨到的新鮮的觀感，而這種觀感都必有一種獨到、新鮮的表現；這觀感與表現即內容與形式，必須打成一片，融合無間，成為一種有生命的和諧的整體，能使觀者遊玩索而生欣喜。達到這種境界，作品才算是『美』，美是文學與其他藝術所必需的特質。就其語言文字為媒介而言，文學所用的工具就是我們日常運思說話所用的工具，無待外求，不像形色之於圖畫雕刻，樂聲之於音樂。每個人不都能運用形色或音調，可是每個人只要能說話就能運用語言，只要能識字就能運用文字。語言文字是每個人表現情感思想的一套隨身法寶，它與情感思想有最直接的關係。因為這個緣故，文學是一般人接近藝術的一條最直截簡便的路；也因為這個緣故，文學是一種與人生最密切相關的藝術。」

從朱光潛先生所寫的〈文學與人生〉的開頭的段落來看，而他寫的第四篇〈文學上的低級趣味（上）：關於作品內容〉，在我看來他認為：「偵探故事、色情描寫、黑幕報導、風花雪月的濫調、口號教條的陳述」這五種文學，都必須避之唯恐不及，為什麼？讀者閱讀這些作品所產生的後遺症卻可能使人沉迷眈溺於低級趣味，更可能導致心靈因窒息而腐化，接著他在他寫的第四篇〈文學上的低級趣味

（下）：關於作者態度〉因此，他也批評了某些作者的態度，例如：「無病呻吟，裝腔作勢；嘻皮笑臉，油腔滑調；搖旗吶喊，黨同伐異；道學冬烘，說教勸善；塗脂抹粉，賣弄風姿。」

　　然而，我們生存在網路資訊後現代化的今日社會，比起朱光潛先生的時代差距一個世紀以上，也就是我們所處的時代，我們所面臨的是「知識和資訊都是已氾濫」，這麼一來，台灣的社會每年從北至南的直轄市和許多的縣市，還包括離島金門、馬祖及澎湖，還有報紙、雜誌、私人企業及民間的財團法人贊助舉辦文學獎徵文，也就是「台灣好像一個文學王國」，但在這個文學王國裡，一百多年來台灣的作家為什麼沒有人獲得諾貝爾文學獎？但多年前台灣有一些文學家、作家、詩人、編輯、學者及文學獎的評審委員卻聘請了中國的女婿馬悅然教授，而他評論卻是「諾貝爾文學獎不是世界文學獎，它只不過是瑞典皇家十八位諾貝爾文學獎的院士（評審委員）而已。」從這樣的諾貝爾文學獎評論來看，先反省台灣每年舉辦那麼多文學獎，而台灣文學獎的評審委員、台灣文學館文學獎的評審委員及國藝會文學創作、文學出版的評審委員的公平性在哪裡？還有台灣的報社、雜誌的編輯和主編刊載文章的公平性在哪裡？

國家圖書館出版品預行編目資料

詩的種子——現代詩與古典詩之間的鴻溝／
李淵洲著. --初版. --臺中市：白象文化，2020. 6
　　面；　公分
　　ISBN 978-986-358-992-1（平裝）

863. 51　　　　　　　　　　109002728

詩的種子——現代詩與古典詩之間的鴻溝

作　　者　李淵洲
校　　對　李淵洲
專案主編　黃麗穎
出版編印　吳適意、林榮威、林孟侃、陳逸儒、黃麗穎
設計創意　張禮南、何佳諠
經銷推廣　李莉吟、莊博亞、劉育姍、李如玉
經紀企劃　張輝潭、洪怡欣、徐錦淳、黃姿虹
營運管理　林金郎、曾千熏
發 行 人　張輝潭
出版發行　白象文化事業有限公司
　　　　　412台中市大里區科技路1號8樓之2（台中軟體園區）
　　　　　出版專線：（04）2496-5995　　傳真：（04）2496-9901
　　　　　401台中市東區和平街228巷44號（經銷部）
　　　　　購書專線：（04）2220-8589　　傳真：（04）2220-8505
印　　刷　普羅文化股份有限公司
初版一刷　2020 年 6 月
定　　價　320 元

白象文化
www.ElephantWhite.com.tw
印書小舖 PressStore 出版新概念
出版 · 經銷 · 宣傳 · 設計
f 自費出版的領導者　購書 白象文化生活館